光文社文庫

この世界で君に逢いたい

藤岡陽子

社

目次

この世界で君に逢いたい

1

機内の小窓から海を眺めていると、海面に映る黒い影が目に入った。サメかなにかだろうか。影の形からそう連想したが、いくらサメでも飛行機と同じ時速八百キロもの速度を出せるはずもない。

じゃあ、なんだろう。

須藤周二《すどうしゅうじ》はなんとなく目が離せなくなって、身を捩《よじ》ってその影を眺めていた。

「周二、どうしたの。なに見てるの？」

額を窓にへばりつかせ動かないでいたせいか、隣のシートに座る松川夏美《まつかわなつみ》が聞いてくる。

「あのさ、この距離から海の中の魚影って見えると思う？」

「この距離って、飛行機からってこと？　いくら海の透明度が高くても、さすがにそれは無理でしょう」

そうだよな、と思いながらまた海面に視線を落とす。やっぱり黒い影はついてきている。

「周二って時々おかしなこと言うよね」

「そうかな」

「そうよ。飛行機がどうして空に浮かぶかなんてことは説明できるくせに、飛行機から海の中の魚が見えるかどうかがわからないなんて。それより、あと五分ほどで着陸だよ。やっぱり日本最西端の島は遠いねぇ。はるばる来たって感じするね」

弾んだ声を出す夏美の膝には、数冊のガイドブックと束になったＢ５用紙が載っている。

「それ全部、島の資料？」

「うん、そう」

「すごい量だな。ところで、その紙の資料はなんなの」

「島についていろいろ調べてたら、興味深いことを発見しちゃって」

「美味い食堂とか？」

「違うわよ。島の、死生観」

「死生観？」

「なんかね、この島では亡くなった人は風葬にされるんだって。それだけでも珍しいでしょう?」

「いまの日本で風葬とは、それはなかなかおもしろいね」

「私もまだ詳しくは読み込めてないんだけど、島の人の体内には、死後の世界が当たり前のように存在している感じなのよ。この世とあの世が近いというか」

そういうジャンル、私けっこう好きだから、と夏美が楽しそうに笑った。

周二は夏美に笑みを返し、再び窓の外に視線を伸ばす。もし本当に死後の世界があるとしたら、死者たちは生きていた頃の記憶を持ってそこに在るのだろうか。だとしたらやるせないな、と周二は思う。十歳でこの世を去った美羽《みう》が、いまも辛く寂しい思いをしているのだとしたら、周二の罪も永遠に消えない。

飛行機が着陸態勢に入ると、海の上を滑っていた影が徐々に大きくなってきた。サメに酷似していた輪郭はしだいにはっきり、折り鶴のような形になる。自分がずっと目で追っていたものが機体の影であることに気づいた時には、与那国《よなぐに》空港の滑走路がすぐ下に迫ってきていた。

「なに考えてるの」

「いや。なんかおもしろいなと思って。旅にはなにかと発見がある」

飛行機の影を、サメに間違えるなんてな。子供じみた思い違いのことは話さず、周二は座席のシートに凭《もた》れかかった。目を閉じるとこのまますぐに眠れそうだ。瞼《まぶた》を塞《ふさ》いだまま欠伸《あくび》をしていると、

「よかった」

隣で夏美がほっとしたように呟《つぶや》く。

「え、なにが？」

「周二が楽しそうで」

「そりゃあ旅行に来たのに、楽しくないわけがない」

言いながら、ゆっくりと目を開けた。嘘ではない。二十七にして初めて乗る飛行機も、夏美との旅行も、周二は楽しんでいた。ただ夏になると決まって心身の調子を崩すのだ。今年の夏は特に酷《ひど》く、もしこうして外に出ることもなく研究室に詰めていたら、症状はさらに悪化していたように思う。

こっちを見ていた夏美と目が合い、彼女はなにか言いたげに唇を開き、そしてまた閉じる。

「なんだよ、どうした？」

「実はね、三週間ほど前に黒田《くろだ》くんから連絡をもらったのよ」

「黒田がどうして夏美に？」

「周二が塞ぎこんでるみたいだから、旅行にでもつれ出してやってくれって」

黒田藤政《ふじまさ》は大学院の同級生だった。同級生とはいっても周二は一浪していたので、年齢は黒田のほうがひとつ下だ。経済学部の学部生の時に知り合い、院の修士課程、博士課程と共に進学し、つき合いは今年で八年目になる。夏美が京都に遊びに来た時には黒田を呼んで三人で飲むこともあったが、二人が連絡先の交換をしていたとは知らなかった。

「それほんと？」

「うん。それで私、すぐに予約取れる所探して」

「たぶんそれ、夏風邪を引いてた時期だ。何回か塾講のバイトをあいつに代わってもらったから、それで心配したんじゃないかな」

「それだけ？」

「そうだよ。いまはほら、めっちゃ元気」

飛行機が与那国空港に無事着陸すると、夏美は誰よりも早くシートベルトを外して立ち上がり、手際よく収納棚から手荷物を取り出した。機内から一歩外に出れば目が眩《くら》むほどの強い陽射しが照りつけてきて、

「すごい。なにもない。こんなにただ広いだけの滑走路って初めて見るわ」

と夏美が声を上げる。

「ほんとだ。なんか……天国に来たみたいだな」

砂浜色の滑走路には、周二たちが乗ってきたプロペラ機以外に機体は一機もなく、背景は海と空だけ。白いプロペラ機が大きな鳥のように見える。

「周二、荷物出てくるよ。早く早く」

荷物受け取り場所まで先に走って行くと、夏美が手招きしてきた。こぢんまりとした空港内には『わ〜り〜 どなんちま ようこそ与那国島へ』と書かれた看板が掲げられ、

「どなんちま……ってどういう意味なんだろ」と夏美が聞いてくる。磨き抜かれた窓から雲ひとつない青い空が見渡せ、周二は本当に天国にたどり着いたような気分だった。

「周二、見て見て。ここのターンテーブル、可愛い。ほら、島の模型があるの」

夏美が指さすU字型の短いターンテーブルの中央に目をやれば、手作り感溢《あふ》れる素朴な模型が設置されていた。サツマイモの形をした島の外周はおよそ二十七キロ。自転車で四時間ほどで回れると説明書きがある。空港は都心の中央郵便局ほどの広さで、空港内には数軒の売店があったものの、この便が最終のためか、すでに店じまいを始めていた。

空港を出ると、密林を切り開いて造られたような景色が広がっていた。これまで暮らし

てきた場所とはまるで違う、別世界の入り口に立った気持ちになる。鬱蒼《うっそう》と茂る樹木の向こうには小高い山が見え、道を行く人の姿はほとんどない。

「さすがにタクシーは停まってないね。いまの時間はバスもなさそうだし。宿までどうやって行こうか」

夏美が辺りを見回しながら、笑顔で振り返ってくる。空港前の県道は舗装された広い道路だったが、車は一台も走っていない。どこに目を向けても庭木に埋もれた民家や畑、雑木林ばかりでリゾートという雰囲気はなく、だが不思議と落ち着く場所だった。

「宿に電話して、ここまで迎えに来てもらうか」

「そうだねぇ。そうする？　あ、でも待って。歩いてでも行けそうよ。ほらこの地図見て。空港がここで、宿はこの祖納《そない》地区だから、なんとか行けるんじゃない？」

「じゃあ歩くか。急ぐ旅でもないし」

結局空港から宿泊先の民宿まで、スーツケースを引きながら歩くことにした。道中にレンタカー屋があるはずだから寄ってみよう、と夏美がガイドブックの地図を広げる。もう日盛りは過ぎてはいるが、陰のない道路を歩くのは思ったよりきつく、アスファルトからの照り返しが肌を焼く。

「やっぱり暑いねえ。でも東京よりましかな。人がいないぶん」

「東京で思い出したけど、のんびり旅行なんかしてて平気なのか？　盆明けに納品があるって言ってただろ」

夏美は都内のウェブ制作会社でウェブデザイナーの仕事をしていた。仕事内容を詳しく把握しているわけではないが、クライアントの業種は多岐に及び、そのせいか仕事の幅も広い。雑誌や新聞のウェブサイトを立ち上げたり、アニメ映画の制作に関わったり。デザイン画を描くことが好きで就職したはずなのに、人手不足のために営業的なこともしなくてはいけないのだ、と夏美から聞いたことがある。

「それはまあ大丈夫。なんとかなる。いや、なんとかするよ。それより周二こそ平気？　暑いの嫌いでしょ」

「別に暑いのが嫌いってわけじゃないよ。夏は……塾のバイトが忙しくて普段あまり出歩かないだけで」

暑いのが苦手ではなく、夏が苦手なんだ。

心の中だけでそう訂正し、緩《ゆる》やかな坂道を夏美と並んで上っていく。眩《まぶ》しさに顔をしかめながら歩いていると、道路の先に水溜まりが見えてきた。だが近づくと消え、またはるか先に新たな水溜まりが見える。ああ、逃げ水か。そういえば夏の炎天下を歩くのは、久しぶりだ。

「あ、レンタカー屋さん発見。営業してるか確認してくるね」

大きな看板が出ているわけでもなかったが、店を見つけた夏美が大股で道路を横切っていく。五歳年上の夏美はなにをやっても手際が良く、自分はいつも出遅れてしまう。

レンタカー代は翌日二十時の返しで、八千五百円だった。そこにガソリン代の千五百円が加わり一万円の支払いをすませる。貸し出されたのはシルバーの三菱パジェロジュニアで、けっこうな年季ものだ。

「運転は僕がするよ」

免許は大学三年生の時に、京都市内の教習所で取得した。教習所に在籍できる最長期限をめいっぱい使ったために、最後のほうはたった一度の落第も許されない、かなりスリリングな展開となったのを憶えている。

「大丈夫？　この島の道路、けっこうアップダウンがあるってガイドブックに書いてあったけど」

「夏美もそう運転慣れしてるわけじゃないんだろ」

「まあね。東京じゃ乗らないしね」

「条件が同じなら、ここはやっぱり男の僕が」

夏美から鍵を受け取り、運転席に乗り込んだ。飲み会の時に運転代行を頼まれることがあるので、ペーパードライバーというほどではない。

「じゃあ、とりあえず民宿まで行っちゃおっか」

夏美がカーナビに民宿の住所を入力すると、画面に紫色のラインが浮かびあがった。道路はすいていたので、久しぶりの運転でも問題なく走ることができた。エアコンの効きはよくなかったが、それでも炎天下を歩くよりはよほど快適だ。

「この県道216号線を道なりに行けば、島をぐるりと一周できちゃうみたい」

助手席の夏美が、さっきのレンタカー屋でもらった道路マップを広げている。

「あれ、この山」

216号線をまっすぐに東へ向かっていると、右手に小高い岩山が見えてきた。周二はどこか既視感のある山の形に、思わずブレーキを踏む。側面にびっしりと植物が繁茂し、頂上の部分だけ岩肌が剝《む》き出しになっている。

「ここは……ああ、ティンダバナよ。ほらここ、ガイドブックにも大きく載ってる。祖納地区からならどこにいても眺められる、標高百メートルほどの山。十六世紀に島を統括していた女傑《じょけつ》、サンアイ・イソバが住んでいた場所、だって。島のシンボル的な岩山らしいよ。陽が落ちて涼しくなったら登ってみよっか」

夏美の説明を聞きながら車を道路のわきに停め、窓から顔を出してその奇妙な形をした岩山を見上げた。山頂まで登れば、町を一望できるのだろう。決して大きな山ではないが、岩肌から噴き出すように密集して生える樹木の緑が視界を圧する。

似てるな、と思った。この山は、あの山に似ている。中腹まで青々とした樹木に隙間なく覆われているのに、途中からまるで見えない境でもあるかのように植物の息吹が失せている。

ティンダバナは、美羽の遺体が埋められていた山によく似ていた。

「でもさ、伝説とはいえ女が集落のトップに立つなんて、珍しいよね」

「……え？」

「どうしたの、ぼんやりして。だからあ、この岩山に住んでたサンアイ・イソバの話。女が統治してた島なんてあまり聞かないよね、って話」

周二は再びエンジンをかけ、ゆっくりとアクセルを踏み込む。

「あ……ああ。そうだね。でも卑弥呼《ひみこ》もそうじゃないか。卑弥呼は巫女《みこ》だったから、そのサンアイなんとかも特別な魔力を持っていたのかもしれないよ」

「卑弥呼って沖縄の人？」

「いや、邪馬台国《やまたいこく》があった場所はいまだ確定されてないんだ。北九州だろうとは言われてるけど。ただ畿内《きない》説も根強くて、奈良《なら》県の桜井《さくらい》という場所にも卑弥呼の墓と呼ばれる古墳が見つかったりね」

「そうなんだ。大昔のことなんて、正直なとこよくわかんないわよね。どちらにしてもこういうことよ。男は実績を積み上げていれば能力に応じて昇進するけど、女はマ行の力が備わってなければ上にはいけないってこと」

「マ行の力?」

「魔力、魅力、夢力、目力、萌え力。他を圧倒する特殊な力がないと、女が社会で上に立つのは難しいってこと。これは社会人十二年目、松川夏美の持論だけど」

レンタカー屋があった場所からほんの数分走れば祖納集落に入り、宿泊先の民宿が見えてきた。敷地が広く、赤瓦の大きな平屋だった。入り口に「民宿すうやふがらさ」と書かれた木の看板が立てかけられてはいるが、それ以外は他の民家とほぼ見分けがつかない。

「わ、なんか雰囲気あるね」

建物の横には車三台ぶんの駐車スペースがあり、そこに車を停めるとすぐに夏美がカメラを抱えて降りていく。周二はトランクからスーツケースを下ろすと、しばらくその場で庭に生えた巨木を見上げていた。幹が多数に分岐して絡まり合うこの樹はいったい、なんという名前なのだろう。見るからに繁殖能力が高そうで、滑らかな茶褐色の幹には妙な生々しさがあった。

「部屋、準備できてるって。荷物を置いて少し休もっか」

先に宿の中に入っていった夏美が、宿の女将《おかみ》らしき人を伴って戻ってきた。女将は六十を過ぎたくらいだろうか。白い割烹着《かっぽうぎ》に紺色のモンペを合わせたごく普通のいで立ちをしているが、琥珀《こはく》色の目だけが日本人離れしている。その女将が周二を見たとたん、

「あらあら、あなた」

と一瞬真顔になり、ひと呼吸置いて「島に呼ばれたねー」と笑みを浮かべた。

その妙な間に周二が困惑していると、女将は笑顔のままで首を振り、「さあさあ、こっち来《こ》う」と早足で宿の中へと入っていく。

「もしなんか足りないもんがあったら遠慮なく言ってねー」

案内された部屋は八畳の和室だった。畳は古かったけれど掃除が行き届き、清潔な感じがした。小さな円卓に座椅子が二つ、あとは冷蔵庫とテレビ。部屋の備品はそれだけで、窓から風が吹き抜けてくる気持ちのいい部屋だった。

「いい部屋だな」

この民宿を選んだのは夏美だ。空港近くにはもっと近代的なホテルもあるのだが、民宿と比べれば倍の値段がするらしい。島の雰囲気も楽しみたいからと、夏美が評判のいい民宿を調べてくれたのだ。

「Wi-Fi、繋がらないんだって。そこは不便よね」

「それくらい構わないよ」

「うん。とにかくのんびりしようね。でも……なんだったんだろうね。さっきの」

「さっきのって？」

「女将さん、周二の顔を見て『島に呼ばれたねー』って言ってたじゃない。どういう意味なんだろ」

夏美も同じように感じていたのかと思いつつ、

「島特有の歓迎の言葉なんじゃないか」

と軽く返す。

「でも私には言ってくれなかった」

「男だけにする挨拶とか」

「ほんとに？」

言いながら、二人で荷ほどきを始めた。スーツケースに詰め込んできたペットボトルの水を、冷蔵庫に移す。

「後でどういう意味なのか、聞いてみよう。それより周二、少し横になったら？　疲れがとれるわよ」

部屋の隅に重ねてあったふくろう柄の座布団を三枚、夏美が抱えて持ってきてくれた。そして畳の上に縦に並べ、「はい、ここ簡易ベッド。早く休みなさい」と周二の腕を取った。こんな時はいつも、夏美を優しい人だと思う。周二の母親は、「休みなさい」なんて言葉を掛けてくれるような人ではなかったから。

「じゃあ三十分だけ寝るよ。三十分経ったら起こして」

目を閉じるとしばらくして畳を踏む柔らかな振動があり、夏美が部屋を出ていくのがわかった。けれど、その時はもう意識が落ちようとしていた。

2

「周二、どうしたの。どこか苦しいの？」

喉元を押し潰《つぶ》されたような息苦しさに寝返りを打つと、シアバターの甘い香りが鼻をかすめた。独り暮らしのアパートの匂いでも、実家の匂いでもないことを不思議に思いながら目を開けると、すぐそばに人の顔があった。自分を見下ろす心配そうな顔。

「よかった。目、覚めた？」

ここはどこだ、と夏美の顔を凝視した後、

「ごめん。僕、なんか言ってた?」

自分が夢を見てうなされていたことに気づく。

「うん……はっきりとは聞こえなかったけど。必死で手を伸ばしてたから誰かを追いかけてたのかな」

昼間に寝ると変な夢を見ちゃうよね、と呟きながら、夏美が水の入ったペットボトルを持ってきてくれる。

「長旅だったから、疲れたのかな」

夏美は眉をひそめ、「すごい汗だよ」と小さなタオルハンカチを渡してきた。胃の中に冷たい水が入ったせいか、少しずつ頭の中が覚醒してくる。

「そういえば初めて会った日も周二、いまみたいにうなされてたね」

「そうだったっけ」

「ほら、私が周二の大学院の研究室を仕事で訪ねて行った時よ。おはようございます、ってドアを開けたら足元に男の人が転がってて、それがあなただったの。ひどくうなされてて。あの光景は、はっきり言ってホラーだった」

夏美が苦笑しながら、周二もよく知る教授の名前を口にする。彼女は当時、経済学部の研究室の仕事を請け負い、ホームページを作成していた。

「普通に寝袋で寝てただけだよ」

「いやいや普通は寝ないでしょ、あんな所で」

あんな所、という夏美の言葉に、周二は研究室の床の冷たさを思い出す。

周二が初めて夏美に会ったのはいまから三年前、大学を卒業してそのまま同じ大学の大学院に進んだ年の五月のことだった。その時期は課題に追われ、ろくに自宅にも帰れずに連日研究室に泊まり込んでいたのだ。

あの日夏美は寝袋に包まれた周二を見るなり、

「朝ですよ、起きてくださーい」

と声を掛けてきた。薄い水色のスーツを着ていて、起き抜けの周二は空を見上げるような眩しい思いで彼女の顔を眺めていた。

「この辺りで美味しい朝ごはんが食べられる店、教えてもらえませんか？　お礼にご馳走します」

そう夏美に言われ、寝ぐせも気にせず立ち上がったのを憶えている。

中学、高校と男子校で、大学でも学部の八割が男子学生。二十三にもなって、女性と二人きりで食事をしたことなどなかった。だが夏美の人懐こさに引っ張られるようにして、気がつけば北門近くの進々堂《しんしんどう》まで肩を並べて歩いていた。初対面の女性を前にしてなにを話せばいいのか。店に着くまではそんな不安も頭をよぎったが、そんな心配など忘れるくらいに会話は弾んだ。

互いのことを少しずつ話しているうちに、メールのやりとりをしていたことが判明した。ホームページ作成上の事実関係の確認以外に、『飛行機はどうして飛ぶんですか』『チョコレートを毎日一個食べたら、一年でどれくらい太りますか』といった、明らかに仕事とは関係のない質問をしてくる人だった。メールを交換していた時からおもしろい人だと思っていたが、実際に会ってみるとメール以上の楽しさがあった。夏美の問いかけに周二が答えるといった会話はテニスのラリーのように弾み、話せば話すほど距離は縮まっていった。こんなふうに女性と気軽に話した経験は初めてで、それだけで夏美は特別な存在だった。

「そろそろ出かけようか」

仮眠をとったおかげで、ずいぶんと体が軽かった。

「疲れはとれた？」

「だいぶ楽になった。せっかくレンタカーも借りたことだし、君の仕事に使えるような景色を探しに行こうか」

「ありがとう。じゃあさっそく」

周二は夏美の言う通り、車を西へと走らせた。

西へ西へ。島をぐるりと囲む道路はすいていて、時々原付バイクに乗った観光客らしい人を追い越していく。

「日没にはまだ早いんじゃないか。いまの時期は七時半を回らないと暮れないって民宿の女将さんも言ってたし」

夏美が西崎《いりざき》にある「日本最西端の碑」を目指しているのだと思い、周二は言った。時計を見ればまだ六時半を過ぎたところで、このままだと一時間近く待たなければいけない。

「違うのよ。島の西側に久部良《くぶら》集落という場所があって、そこに久部良バリっていう景勝地があるらしいの。そこに寄って、その後で日の入りを見に行けばちょうどいいかと思って」

少し先に郵便局や漁港が見えてきたかと思ったら、夏美がそこを右折してくれと言ってきた。カーナビの指示通り坂道を上がっていくと駐車スペースになった草地があり、車を停める。

「わ、観光地っていうわりにはなんか静かだね。しんとしてる。この世じゃないみたいな」

車を降りてほんの少し斜面を上がれば、そこはもう、海に面した見晴らしのよい岩の麓《ふもと》だった。平らな岩の上を歩き、端まで行くと、眼下に白い波が泡立つ蒼い海が広がっている。

「これは、砂岩だな」

海面からの高さは三百メートルほどあるだろうか。巨大な砂岩がこの広い岩地を作り出していた。遮《さえぎ》る建物がなにもないので、西の方角には西崎に立つ白い灯台がはっきりと見えた。

「砂岩?」

「砂が固まってできた岩石のことだよ。建築を専門にしてる友人に、石材や砥石の材料になる砂岩を見せてもらったことがあるんだ」

「へえ、そうなんだ。ねえ見て。いま立ってるこの場所、海の中から続く一枚岩なんだって」

夏美が手にしていたガイドブックを手渡してくる。沖縄の離島と聞けば長閑《のどか》なリゾート地というイメージだったが、この島に漂う空気はどこも荒々しかった。島自体が、海から突き出た巨大な岩のような感じがする。その巨大な岩を囲む形で小岩が塔のようにそびえ、打ちつける波をはね返していた。

「ここ、本当に観光地なのかな。やけに足場が悪いけど」

短い草の生えた岩の上は歩きやすかったが、ところどころに岩と岩の裂け目があった。

中には裂け目が深い谷となっている場所もある。足を滑らしたら裂け目に落ちることもあるだろうが、立ち入り禁止の看板もなければ侵入を防ぐためのロープもない。

「観光地というか、ここは昔、人減らしをする儀式が行われた場所なんだって。この島がまだ琉球王府に支配されていた時代、百年以上も前の話だけどね」

カメラを構え海に向かってシャッターを切っていた夏美が、幅三メートルほどの裂け目の前で立ち止まり、中を覗き込む。

「人減らしって、どうやって？」

「島の妊婦を集めて、この裂け目を飛ばせたらしいの。岩から岩へ。飛び移れたら生きてよし。もし飛べなかったら、谷底へ落ちて死ぬの。お腹の子供も一緒に」

夏美は神妙な面持ちで、岩の裂け目に視線を向けた。昔は海水が溜まっていたという谷底も、いまは硬く鋭い葉を揺らすアダンが生い茂り、底までは見えない。なんのための人減らしなのかと周二が聞くと、人頭税を減らすための策だったらしいと夏美が教えてくれる。江戸時代から一九〇三年までのおよそ二百六十年間、この島には人頭税が課せられていた。人頭税という名の重税の負担を少しでも減らすため、人減らしは当然のように行われていたのだ、と。

「労働力にならない妊婦や生まれてくる子供を、てっとり早く間引いてたってことよね。

昔もいまも変わんない。弱い者は不当な扱いを受けて、声も上げられずに死んでいくのよ」

言いながら、夏美が目を閉じ手を合わせる。

その場に佇む夏美を残して、海側から吹いてくる風を正面から受けながら階段状になった岩を海側へと下っていった。海に近い岩に植物は生えず、軽石のような灰色の表面が剝き出しになっていた。波が岩を打つ音に誘われ下へ下へと向かえば、死者の域に近づく気がして昂《たかぶ》っていく。

そういえば昔、たった一度きりだったが、美羽と一緒に海に行ったことがあった。

あれは、いつのことだったろう。美羽が亡くなる前の年だったような気がする。

父親が、いつも勉強ばかりしていた周二と兄の浩一《こういち》を、千葉《ちば》の海まで連れ出してくれた夏があったのだ。そこに自分と同い年の美しい従妹、須藤《すどう》美羽もついて来ていた。

――私、海で泳ぐの初めて。友達が海の水は塩辛いって言ってたけど、どんな感じだろうってずっと思ってた。

よほど嬉しかったのか、美羽は海に向かう電車の中でほとんどひとりで話していた。忘れものがないかと何度もビニールバッグを覗き込み、落ち着きなく視線を巡らせていた。

海に着いてからは三人で砂浜を掘ったり、海に飛び込んだり。かなづちのくせに、美羽は水を恐れなかった。躊躇《ちゅうちょ》している時間がもったいない。そう思っていたのか、自分たち兄弟の後を全力で追ってきた。

海面に夕陽の道ができる頃、周二と美羽は手を繋ぎ、海に潜った。お互いの手の感触があれば、暗い海の中でも怖くはなかった。記憶というのは、複雑で不思議なものだと思う。美羽の顔はおぼろげなのに、冷たい手を海の中で握り合った感触は十八年経ったいまも、まるで昨日そうしたかのように手の中にある。


「落ちるぞ」

足に波しぶきがかかる辺りまで海に近づいた時、背後から太い声が聞こえてきた。咎《とが》める口調に振り返れば、つばの大きな麦わら帽子を被った男が仁王立《におうだ》ちしていた。地元の人だろうか。みるからに頑丈な体に紺色の作業着を身につけ、黒いゴム長靴を履いている。太陽の光を集めたような男の視線に、思わず後ずさる。男の口調は荒々しかったが、その声に含まれているのは怒りだけではないような気がした。

「すみません」

周二が海に背を向け岩を登り始めると、男は険《けわ》しい表情のままなにか言葉を発し、大股で立ち去ろうとする。男の呟きは波音に重なり、周二の耳には届かなかった。

「あの」

夏美が男の背中に向かって声を上げた。夏美にしては珍しく、相手を責めるような尖《とが》った響きがその呼びかけに込められていた。だが男は足を止めず、夏美はその後を走って追い、周二はその場に立ち止まり二人を見上げていた。やがて夏美が男に追いつき言葉を交わしていたが、なにを言っているのかまではわからない。二人の声よりも波音のほうが近い。

岩を登りきった時にはもう、男の姿はなかった。両腕をだらりと力なく垂らした夏美を、傾き始めた太陽が白く照らしている。

「どうかしたの」

強張った表情をしている夏美に、聞いた。

「ううん、なんでもない」

言いながら夏美は、さりげなく視線を逸《そ》らす。

「なにか嫌なことでも言われたのか」

気になって繰り返し聞いてみたが、

「別に……行こっか。でもいまの人感じ悪かったよね。注意するにしてもあんなにきつく言わなくても」

と笑顔を見せる夏美は、もういつもの様子だった。二人で並んで歩きながら草地に停めていた車に戻る。

「そろそろ日没の時間だね。ちょっと急ご」

夏美の声に頷《うなず》きながら車のドアハンドルに手をかければ、火で炙《あぶ》ったフライパンのような熱が指先をじんと焦《こ》がした。その熱さのせいか、さっきの男の射るような視線がふと思い出された。

3

県道沿いにある自社の製糖工場に顔を出した後、榮門武司《えいもんたけし》は本土の取引先に連絡をとるため事務所に戻ってきた。事務所は祖納地区の自宅横にあり、そこにはアルバイトを含めた五十人近くの従業員が出入りしている。

「なんだ花《はな》、そこにいたのか」

事務所の隅に置いてある冷蔵庫からポットを取り出し、コップに麦茶を注《つ》ごうとした時、机に向かっている花に気づいた。物音ひとつさせず、置物のように座って書きものをしているので気づかなかった。この子はいつもそうだ。悪気はないのだろうが、一つのことに夢中になると、周囲がいっさい見えなくなる。

「あ、社長さん。お疲れさまです。ごめんなさい、私、気づかなくて……」

「花、何度も言ってるだろう。やたらに人に謝るなって。おまえ、いま謝るようなことはなにもしてないんだからさ」

できるだけ穏やかな口調でそう告げたが、花が怯《おび》えたように両肩を持ち上げる。

「はい、ごめんなさい」

「ほらまた。まあいいさ、ゆっくり直せ。それより民宿の仕事はもう終わったのか」

たしか今日、花は民宿「すうやふがらさ」の手伝いに行っていたはずだ。ほとんど満室だったところに、東京からの観光客が急きょ来るとのことで、人を貸してほしいと女将の悦子《えつこ》に頼まれた。十七歳の花に接客は難しいが、部屋や風呂場の掃除をしたり調理場の手伝いをしたり、雑用なら充分間に合う。

榮門は主力となるサトウキビの製糖業以外にも、米や島バナナの栽培など手広く営んでいた。会社で雇っている正規の従業員は別として、工場や農園で働くアルバイトのほとんどは島外から集まった者たちで、中にはワンシーズンだけの短期労働者もいた。時々はアルバイトの中から民宿や牧場などの仕事に派遣することもあり、ともすれば島の人材派遣のような役割も担《にな》っている。

「まさかおまえ、役に立たないって言われたのか。帰らされたのか」

優しく尋ねたつもりが、花は叱られた子供のような表情になる。

「夕食の仕度が早く……終わったからです」

途切れ途切れに話す花の声が聞き取りにくく、榮門はすぐそばまで寄っていく。

「おい花。おれはもう七十前のオジイで、耳が遠いんだ。もっとはっきり喋ってくれんと聞こえないさ」

「すみません……」

花の細い指が帳面の上でためらっているのを見て、

「謝らなくていいさ。怒ってるわけじゃない」

榮門は小さな頭の上に手を置いた。花は男児のように髪を短く刈りそろえているので、手のひらに柔らかな針で刺されたような感触が残る。

「それより花、いまなに書いてたんだ」

「今日お客さんにもらったチップです」

榮門は派遣先でもらったチップの額も、従業員には報告させていた。そうでなければ派遣先によって報酬がまちまちになり、従業員間で不公平が生じるからだ。待遇の差は従業員同士の不和に繋がるために、チップにしてもそのまま懐《ふところ》に入れることは禁じていた。

「えらくたくさんもらえたんだな」

帳面には、糸くずのような字で「5000円」と記入されていた。「すごいな。それだけ稼げたらたいしたもんだ。頑張ったなぁ」と褒めれば、強張っていた花の顔に控えめな笑みが広がる。幼い子供がおつかいを褒められた時のようにはにかむ姿は、十七という年齢よりずっと幼く見える。

従業員の中にはチップをそのまま懐に入れてしまう者もいた。榮門も、それはそれで仕方がないと見逃しているところもある。客は、自分をもてなしてくれた従業員の働きに対して心付けを包むからだ。だが花はいつもこうして几帳面《きちようめん》に報告し、ノートに記載している。

「社長あの……」

「なんだ」

「いまからどうしたらいいですか」

「ゆっくりしてたらいいさ。今日の仕事はきちんと終わらせたんだろう？」

「はい」

「ならあとはおまえの自由時間だ。好きに過ごせばいいさ。ああ、そういえば花、若い観光客見かけなかったか。カップルの」

「若い、カップル……」

「久部良バリにいたんだけどな、その後どこに行ったのかと思ってな」

「見てないと思います」

「そうか。まあいいさ、おまえには関係ない。それより、せっかく早めに帰れたんだ。部屋に戻って休めよ」

榮門が言うと、花は頷き、引き出しに帳面を片付けた。榮門と二人でいるのがよほど気詰まりだったのだろう。ほっとした様子で事務所の入り口へと歩いていく。

花たち従業員が寝泊まりする寮は、自宅の敷地内にある。寮といってももともとは榮門家の離れの平屋で、十数年前までは榮門の母親が暮らしていた。十畳の和室が二部屋あったところをリフォームして三部屋に仕切り、女性従業員の部屋にしている。小さな共同キッチンは備えつけ、風呂とトイレは母屋のものを使わせていた。

入り口でいったん足を止めた花が振り返り、榮門に向かって「失礼します」と頭を下げる。榮門は軽く手を挙げ「お疲れさん」と返すと、両腕を左右に大きく開き息を吸った。ラジオ体操の深呼吸の動作を繰り返し、肩の凝りをほぐす。花と二人になるといつもこうだ。あの子の過度な緊張が伝染するのか、知らないうちに全身に力が入ってしまう。

「榮門さん、ひとり引き受けていただきたい子がいるのです。十五歳の女の子で、まだ中学を出たばかりなんですけどね。この子がちょっと特殊というかなんと言いますか……」

懇意《こんい》にしている永井《ながい》治《おさむ》から歯切れの悪い電話が掛かってきたのは、いまから二年前のことになる。

製糖会社を営むのとは別に、榮門は家庭環境に問題のある未成年者や社会とうまく関われない子供たちを「島留学」という形で受け入れていた。受け入れといっても島に専門のカウンセラーがいたり、職業訓練を行うなどの施設があるわけではない。ただ、彼らに住む家を無償で提供し、働く場所を与える。それだけのことだ。永井は中学教師を定年退職してから二十年近く東京の杉並《すぎなみ》区に事務所を構え、生活に窮《きゅう》する若者の支援活動をしていた。永井とは彼が島に旅行に来たのをきっかけに交流が始まり、今年でもう十年近いつき合いになる。

「十五歳の女の子？　ほんと若いね」

これまで受け入れた中にも高校に行かず、働く場所もないといった未成年者は何人もいたが、十五というのは初めてだった。そんな年若い娘を、親がよくこんな離島に出す気になったものだ。榮門には息子が四人いるが、島に高校がないために中学を卒業してからは親元を離れていた。だがもし息子ではなく娘だとしたら、そう簡単には手放せなかっただろう。

「その子も引きこもりですか」

島にやって来るたいていの未成年者が、引きこもりというやつだった。子供らのほとんどが中学校あるいは小学校時代から不登校になり、それでもなんとか義務教育を終える。その後、両親や教師が「高校だけはなんとか出てほしい」と受け入れ可能な学校を探して入学させるのだが結局は休学、あるいは中退してしまう。永井は、そんな自信も気力も失せた行き場のない子供たちを支援していた。

「榮門さん、今回の子は実は引きこもりではないのです。反抗的でもなく、むしろとても素直な子です」

「僕の頭が悪いのか、永井先生の言うことがまったくわからんさ」

「その子に関しては更生といった意味合いの島留学ではなく、実家を出られるように支援したいと考えておるのですよ」

親との関係が良くないのだ、と永井は説明した。

「子供の名前は久遠《くおん》花といいます。父親は、サプリメントを売る会社の営業職に就いています。比較的まっとうな家庭の子ですよ。ただ、花の母親はあの子が小学一年生の時に病気で亡くなっていて、それから父親が再婚するまでの四年間は父と子の二人暮らしをしていました」

　父親は実家を頼りながらも、幼い花を必死に育ててきたのだと、永井は話す。男手ひとつで娘を育てる苦労は、想像をはるかに超える大変さに違いない。花はとてもいい子だ。だから父親が愛情を注いできたことが自分にはわかる。永井はそう前置きをした後、

「おそらく息切れしたんでしょう。父親は、自身の再婚を機に変わってしまったんですよ」

　父親が再婚したのは、花が小学五年生の時だった。翌年には妹が生まれた。そこからはよくある話で、新しい母親は義理の娘を邪険《じゃけん》に扱うようになり、それを父親が庇《かば》うわけでもなく、家での花の居場所はなくなってしまった。

「花もなんというか……いい子なんですが、ちょっと風変わりといいますか。それで新しい母親から疎《うと》んじられたようなのです」

「どう変わってるんです？」

「まだ幼い頃から奇妙なことを繰り返し言うそうで……。『頭の中で誰かの声が聞こえる』というようなことを」

「誰かとは？」

「本人もわからんのだそうです。ただ時々、花はその頭の中の誰かと会話しているようで

……。周囲から見ればそんなのは異常に見えるのでしょう」

「精神的な病気ですか」

「統合失調症。解離性同一性障害。妄想性障害。そんな病名を父親からは聞いていますが、でも正直私にはまったくそうは思えない。会って話をしても、病的な感じがまったくしないんですよ。なんといいますか、これは長年教師をやっていた勘のようなものでね。心はむしろ他の子供より健《すこ》やかなんです。私が花を保護したのは新宿《しんじゆく》の飲み屋街でしたが、他の家出少女とは違って擦《す》れたところがひとつもなくて。ただひとつ特殊なことといえば――。あ、これは榮門さんが実際に会ったらわかると思いますから、その時に」

そして花は二年前の六月に、永井に連れられてやって来た。石垣島《いしがき》から船で四時間も揺られて来たものだから、到着した時には立つこともままならず、船から降ろすと榮門が背負ってトラックまで運んだ。

「酔い止めを飲ませるのを忘れましてね」

六月とはいえ島の陽射しはもうすでに夏のもので、裸眼で直視すれば眼球を傷めるほどの強さだった。地元の人間は極力外を歩かず、食料品などの買い物は日没後にすませる。それでも永井はこうして島に入る時は必ず、海老茶《えびちや》色の背広を着てネクタイを締めてきた。背広は見たところ十年間ずっと同じものだ。榮門の妻、笑里《えみり》が「先生、この服差し上げますよ。沖縄の正装ですから」と白地に銀色のマンゴーが描かれたかりゆしウェアを贈ったこともあるのだが、それでも入島する際は必ず背広姿だった。

あの日は大雨の後だったので波が高く、「いつも以上に船が揺れた」と永井は額の汗をハンカチで拭いていた。「自分はなんとか高波にも耐えられましたが、花は嘔吐してしまって」と言って背広の襟《えり》から左胸に広がる染みを指さし、その染みが子供の吐物《とぶつ》だと気づいた笑里は、「あらあ」と気の毒そうに声を上げた。

「あぃーとってもかいいかだねぇ」

トラックの荷台にバスタオルを敷いて花を仰向きに寝かせると、笑里が大袈裟《おおげさ》なため息をついたのをいまでもよく憶えている。笑里は花のあまりの愛らしさに、森の中で倒れている白雪姫を見つけた小人のように目を見張って驚いていた。永井が口にしていたもうひとつの花の特殊さが、この容姿なのだと榮門は瞬時に理解した。

事務所に誰もいないのをいいことに、榮門はエアコンの設定温度を十八度まで下げる。他の従業員、特に女性社員がいる時は嫌な顔をされるのだが、いまはひとりきりなので自由にできる。

「お父さん大変よっ。大変。大変になってるよっ」

椅子の背もたれに体重をかけて伸びをしていると、エプロン姿の笑里が駆け足で入ってきた。いつも落ち着きがなく周りの空気を絶えず揺らしている妻だが、今日はことさらだ。

「なんだ騒々しいな」

「お父さん、どうしようっ」

「なにがだよ。それより声がでかいんだって、おまえは」

笑里が首をめぐらし、事務所内を探す素振りを見せたので、

「なにがぁ。花になにかあったのか」

榮門は背もたれに預けていた体を起こす。

「なんでか。なんで花ちゃんのことだってわかったのー」

「いや、なんとなくだ。で、花がなんだって」

笑里は頷くと、ただでさえ大きな瞳をめいっぱい見開く。

「いまね、悦子さんから電話があったんでや。花ちゃんのことで」

と興奮気味にまくし立てる。

「なんだよ、花がなにかやらかしたのか」

「違うってよ。民宿に泊まってるテレビ局の人が、花ちゃんをテレビに出演させたいって言ってるってさ」

民宿で働く花の姿が、テレビ局の人たちの目に留まったらしいと笑里が話す。花が東京

から単身で移住して来たこと、高校には行かずこの島で働いていることなどいくつかの情報を悦子から聞いたテレビマンのひとりが「彼女を中心に据えて島を紹介しよう」と言い出したのだ、と。

「花をテレビに出すって？　ふらー、なに言ってんだおまえは」

榮門は思わず立ち上がり、嬉しそうに目を輝かせている笑里を叱りつけた。手のかかる四人の息子を育て上げてくれたという点では、笑里には心から感謝している。人を疑うことのない、物事の裏を読まない素朴な性格も本来は気に入っている。榮門の会社で働く従業員たちの母親代わりとして、面倒見の良いところも好ましかった。だが、思慮が浅いところが笑里にはある。

「ふらーてなによー。そのテレビ番組は全国放送よ。花ちゃんの知り合いが偶然観るかもしれないさ」

「花の知り合いが観てどうする」

「なにか手がかりがあるかもしれないさ。あの子の探しものを知ってる人が、名乗り出てくれるかもしれないよ」

探しものという言葉を耳にし、榮門は口をつぐんだ。そうだ。探しものだ。「自分には探さなくてはいけないものがある」と花は、ここへ来て数か月が経ったある日の夜に言ってきた。自宅の縁側でお喋りしている時だった。榮門も笑里も気持ちよく酔っ払い、花も珍しくよく喋りよく笑ってくれた月夜のことだ。その場にいたみんなで透き通るような丸い月を見上げていた時、

「でもなにを探しているのか、わからないんです。前は憶えてたのに、忘れてしまって……」

と打ち明けてきた。花の奇妙な訴えに、榮門と笑里は顔を見合わせた。本人にもわからない探しものを、どうやって見つけてやればいいのか……と。

探しものの話をされていったん気勢を殺《そ》がれたが、

「いや、ならぬ」

と榮門は首を振った。テレビの取材を受けたら、花がなぜ親元を離れてこの島へやって来たのか、多くの人の知るところになるだろう。花がこの先暮らしづらくなる。

「花のテレビ出演など許さんと、悦子に言っておけ。おまえが言えないのならおれが悦子に電話しておくさ。なんだったらおれが、そのテレビ局の人間とやらに直接話しにいく」

「……わかったよ。私から断りの電話、掛けておくわ。いまの剣幕でお父さんが悦子さんを怒鳴ったりしたら、それこそ関係が悪くなるからね」

「これくらいのことで悪くなるか」

いま島の人口は千六百人くらいだが、そのほとんどが顔見知りだ。その中でも民宿を営む金城《かねしろ》悦子と榮門は小、中学校の同級生で、身内に等しい間柄だった。悦子の夫、正雄《まさお》とも親しくて、五年前に正雄が亡くなるまでは週末ごとにどちらかの家で酒盛りする仲でもあった。

「お父さんはなにも言わないで。私が断っておくから」

ふっくらとした頬をさらに膨らませ、笑里が踵《きびす》を返して事務所を出ていく。あの様子だと今夜は夕食作りを放棄するかもしれない。息子たちが巣立ってからというもの、笑里は榮門の態度が悪いとそうやって仕返しをしてくる。島に食堂は数軒しかないうえに、そのたいていが知り合いなので、外で食べると夫婦喧嘩をしたことが知れわたってしまう。

榮門は椅子から立ち上がり、事務所に隣接する寮に向かって歩いた。

「花いるかぁ。花よ、ちょっと出てきてくれ」

寮の入り口は磨りガラスの引き戸になっていて、この先は男子禁制になっている。建物もこの引き戸も古い家屋に手を入れたものだが、「榮門製糖株式会社 寮」と書かれた表札だけは十年前に作ったものだ。琉球ガラスを扱う工房に発注したもので、明度の高いオレンジ色が華やかだった。半年から数年の間この寮で暮らした女性従業員たちは、ここを去る時はたいていこの表札の前で写真を撮っていく。いつかは花もここを出るだろうが、それまでになんとか自己主張のできる自立した人間になっていてほしい。

「花なら出かけてますけど？」

風が起こるくらいの勢いで磨りガラスが開き、中から片平里砂子《かたひらりさこ》が顔をのぞかせる。いままで寝ていたのか気怠《けだる》そうな顔をして、榮門にはパジャマにしか見えない格好をしていた。従業員の中では一番の古株で、ここへ来た頃はたしかまだ十代後半だったはずだが、この夏で三十を迎えた最年長者でもある。

「里砂子、戻ってきてたのか」

「はい。葉たばこは七月に収穫が終わるんで。社長、花になんか用ですか」

「ちょっと話があってな。花はずっといないのか」

「いや、ちょっと前までいましたけど？」

「そうか。休んでるところ、悪かったな」

里砂子は七月いっぱいまで、伊江島《いえじま》という那覇近くの離島に働きに出ていた。もともと工場での作業より畑仕事が好きなので、島外で農作業員の募集があれば働きに出すようにしている。榮門にしても自分の工場の働き手を確保するために支援事業をしているわけではないので、若者たちの希望に沿った働き方でいいと思っていた。里砂子は葉たばこの栽培を手伝っている期間、毎年四月から七月までの繁忙期は現地の農家に間借りしていて寮には帰ってこない。無愛想でお世辞にも機転がきくとは言えないが、肉体的にきつい作業でも黙々とこなす根性があるために雇い主からは毎年声をかけられていた。

「ねえ社長。花、テレビに出るんですか」

「なんでおまえがその話を知ってるんだ」

「さっき笑里さんが叫んでたの、聞こえたから」

「でかいんだよ、あいつの声は。それ、花も聞いてたのか」

「その時は隣にいましたよ」

「なんか言ってたか」

「なにも。こんな顔してじっと聞いてただけ」

里砂子が花を真似てるのか、困惑顔で眼球を右へ左へと動かした。

「里砂子、花がどこに行ったか知ってるか」

「さぁ」

「なにも言ってなかったか」

「なにも。でもいつもの所じゃないかな、他に出かける場所もないし」

「いつもの所ってどこだ」

「イヌガンですよ。ティンダバナの。花、妙にあそこ気に入ってるから」

台所からカツオ出汁《だし》の香りが漂ってきた。機嫌を直した笑里が夕食作りを始めたのだろう。

榮門は里砂子に礼を言って、トラックを停めている駐車場まで歩いていく。砂利が敷き詰められた空き地には会社のトラックが二台置いてあり、その横に従業員の自転車やバイクが数台並んでいた。その自転車の中に花のものがないか確認してみる。花がこの島にやって来た翌日に、レンタカー屋の店主から中古の自転車を五千円で譲ってもらったのだ。花は自転車に乗れなかったので、初めは「いらない」と断ってきたが、里砂子が根気よく教えてやっているうちに乗れるようになった。いまでは外周二十七キロ程度の島のあちらこちらを、自転車に乗って移動している。

4

天然の展望台ともいわれるティンダバナの麓に車を停めて、周二と夏美は遊歩道の入り口に立った。

「なんか、独特の雰囲気あるねぇ」

遊歩道は細く、樹々の影で覆われひっそりと暗かった。

「さっと登ってすぐに下りよう。さすがに暗くなると危ないし」

西崎で日の入りを見た後だったので、闇はすぐそばまで迫ってきている。

「いちおう観光スポットなのに、電灯ひとつないんだもんね。よかった、民宿で懐中電灯借りてきて」

前を歩く夏美が懐中電灯のスイッチを入れ、上に向けた。樹木に遮られた小さな空に、丸い光が揺らいでいる。探検でもしている気分なのか夏美はとても楽しそうで、それに反して周二の中では不穏《ふおん》な気分が高まっていた。島の聖地とも言われる場所で、巨大な生き物の腹の中に潜り込んだような閉塞感がある。

夏美が民宿の女将に聞いた話では、島の人間は山に近づかないのだという。商売のことなど内々の頼み事があって祈りに入る以外は、めったに登ったりしない。特にティンダバナは生命感の無い山らしく、猿も鹿も蛇も野猫も棲みつかないのだそうだ。これほど緑が生い茂っているのに、見かける生き物は八重山《やえやま》大コウモリだけというのが不気味だった。

「どうかした？」

先を歩く夏美がふいに足を止め、振り返った。日は沈んだが空には月が上り、薄暗い中でも辺りは見渡せる。月の光が狭い遊歩道を、まだらに照らしていた。

「いや、不気味だなと思って」

「だよね。女将さんがね、ティンダバナはあたるから気をつけてって言ってた」

「あたる？」

「霊感とかそっち系かな。観光客もだけど、島の人でもティンダバナに近寄れない人はいるんだって。このガジュマルの樹も、暗がりで見るとなんか怖いよね。民宿の庭にも生えてたけど」

遊歩道に被さるようにして生えるガジュマルの樹の枝から、夥《おびただ》しい数の根が伸びていた。気根とよばれるこの根は、普通なら地中に下ろす根を、空気中に伸ばしていくらしい。ガジュマルは気根でもって呼吸をし、空気中の水分を吸い込むという。山の息遣いを感じるのは、ひょっとするとガジュマルの気根のせいかもしれない。

「さっき、地元の人に会ったでしょ？」

ためらいがちに夏美が言ってくる。

「島に来て会ったのは、ほとんど地元の人だけど」

「久部良バリの海岸で」

ああ、と周二は頷く。

「あの人が……おかしなこと言ってたの」

「なんて」

「周二を見ながら、『死んだ人間の手はつかむんじゃないぞ』って。私、いったいなんなのって思って、追いかけたの。どういう意味か知りたくて」

そういうことだったのか。夏美が血相を変えて男を追っていったので、なんだろうとは思っていた。

「それで？　男はなんて答えた」

「なにも。私の目を見てただけで、なにも言わなかった」

なんだか怖かったの、と夏美は眉根を寄せた。周二になにか起こるんじゃないかと不安でしかたがないのだと、声を潜める。

「そんなわけないよ。島特有の言い回しをいちいち気にしていたら、きりがない。霊的な島なんだよ、ここは。この山にしても妙な気配がある。誰かにじっと見られてるような」

「サンアイ・イソバのお墓があるからかな」

「サンアイ・イソバって、ああそうか、昔この辺りを統治してたっていう女帝か」

「そう。身長が一メートル八十センチもある赤髪の女で、大航海時代に生きていたから、本島の連合軍が島に攻め入るのを警戒して常に敵を監視していたんだって。調べたらいろいろな言い伝えがあっておもしろいの。他にもこのティンダバナには不思議な言い伝えが残っていてね、山頂に近い場所には犬の墓が——」

言いかけて、夏美がふっと口を閉ざした。「どうした」と夏美の背中に視線を向けると、彼女はその場に立ち止まり数メートル先を指さした。

「ねえ。あの人たちこんな所でなにやってるんだろ。島の人じゃないよね」

夏美の指さすほうには遊歩道を塞ぐように、人が立っていた。見たところ男が三人、女が一人。その頭上を、大きく枝を伸ばしたガジュマルの樹が覆っていた。

「観光客じゃないか」

「たぶんそうよね。……でもこんな時間までなにしてるのかな」

夏美が再び歩き出すと、ひとりの男が気配を察知してこちらを振り返った。男が会釈してきたので、周二と夏美も頭を下げそれに応える。

四人の男女が遊歩道の端に寄り、周二と夏美がその間を通り抜けていく時、そこにもうひとり短髪の若い女が見えた。女というより少女といったほうがしっくりくるかもしれない。少女はTシャツに膝小僧までの短パンを穿いていて、キャップを被っていた。一見男のような格好をしているが、襟ぐりからのぞく首筋や剝き出しの手足は細い。通り過ぎた時にちらりと聞こえただけだからはっきりとはわからないが、男女のグループは少女になにか頼み事をしているようで、それが少し妙な雰囲気だった。なにをしているのだろう。取り囲まれている少女のことが気になったが、大人たちの口調は穏やかで特になんてことはなさそうだ。周二は何度か後ろを振り返りながらも、先を急ぐ夏美の後をついていく。

「ここじゃないかな。人骨がまとめて埋葬されてるっていう場所」

少女たちとすれ違い、五分ほど歩いた先に、夏美が目的にしていた小さな洞窟があった。洞窟というより崖を抉《えぐ》って作られたような横穴で、墓に入ることの叶《かな》わなかった人骨が埋葬されているらしい。

「空気がひんやりしているね」

一筋の光も差さない洞窟を、夏美が覗き込む。洞窟の中の暗闇をじっと見ていると、向こうからも見られているような錯覚に陥る。奥のほうから人の声が聞こえてきた、と思ったらかび臭い風が頬をかすめていく。周二は暗闇に引っ張られるかのように、足を前に踏み出した。だが、

「だめよ入ったら。この奥はきっと、あの世に続いてるんだわ」

と夏美に腕を強くつかまれ引き戻される。

「島に、田原川《たばるがわ》っていう全長一キロくらいの川が流れてるらしいんだけど。その川も昔は、境の役目をしていたんだって」

夏美の声が洞窟の岩壁にこだまして響く。

「境？」

「この世とあの世の境。川からこっちは生きている人の領域。あっちは死んでしまった人の領域」

昔々、田原川は海よりも低地にあった。そのせいで海の水が流れ込んできてはしばしば氾濫した。明治二十二年に改修工事をし、氾濫を防ぐよう流れを変え、いまその境は曖昧になっているが、それまで島の民は川の流れによってこの世とあの世の境をはっきりと分けて暮らしていたのだと夏美が話す。

「田原川のような境が、この島にはあちこちにあるらしいの」

祖納集落の外れにある浦野《うらの》墓地には、島民に「四畳半ビーチ」と呼ばれる浜辺があって、そこは死者が海へ旅立つ場所だと言われている。だから島民は決してその浜で泳いだりはしない。民宿の部屋で周二が眠っている間、女将から島のことをいろいろ教えてもらったのだと夏美が言う。

「島を巡る時は境を越えないよう気をつけなさいよ、って。女将さんに念を押されたの」

生温い風が絶えずどこからか吹いてきて、肩にかかる夏美の髪を持ち上げる。

湿り気のある夏美の手のひらが、洞窟に漂う空気と同じ温度になっていた。周二は人骨が埋め込まれているという岩壁をしばらく見つめていたが、なんとなく胸苦しくなり「そろそろ行こうか」と顔を背《そむ》ける。境という夏美の言葉が、踏み出した足を後ろに引かせた。

「人は死んだらどうなるんだろうね」

遊歩道を先へと進みながら、夏美が聞いてくる。

「そんなこと考えたって、しかたないよ」

「肉体がなくなっても魂は残るって話、本当かな」

「さあどうだろう。日本ではいま一日平均三千六百八十二人の命が消えていくんだ。その魂がすべて残ってたら、日本列島は魂だらけだよ」

「そんな現実的な数字出さないでよ」

吹いていた風がいつしかやんでいて、辺りはいっそう静かになった。

暗くなってきたからもう戻ろっか。そう言いながら、夏美が周二の肘《ひじ》の辺りをそっとつかむ。

遊歩道を少し戻ると、さっきは気づかなかった小さな石の祠《ほこら》があった。古い祠だ。祠のすぐそばには水を溜めた石造りの水槽がある。

「ここはね、水の神がいる場所」

「へえ、そんなのもあるんだ」

「そう。島の豊年祭や祭事の時には、公民館長や役員なんかがお参りしにくる場所。これも女将さんからの受け売りだけど」

昔はこの水場で西瓜《すいか》を冷やしたり素麺《そうめん》を食べたりしていたらしい、と夏美はツタの這った水槽に近寄って中を覗き込む。水は清らかだったが、水面には落ち葉や羽虫の死骸が浮かんでいた。

夏美が薄暮れの風景をカメラで撮影している間、祖納集落を見下ろし眺めていた。集落の果ては小高い丘になっていて、おそらくあの丘を越えれば東崎《あがりざき》という島の東端に出るのだろう。

正確には島の周囲は二十七・四九キロメートル。面積は二十八・九五平方キロメートル。数字で表せば小さな島だが、どんなに目を凝らしたところで島の全貌を見渡すことなどできやしない。あの丘を越えたらどんな景色があるのか簡単には想像できない。人は多くのことを既に知った気になっているが、本当はなにひとつわかっていないのかもしれない。

「周二、もういっきに下りちゃおうか。真っ暗になってからじゃ遅いし。せっかくだからイヌガンにも行きたかったけど、またにするわ」

「そうだな、撤退しよう。獣はいないって聞いてても、やっぱり気味悪いしな」

夏美と肩を並べて、遊歩道を下っていく。湿った土の感触が足裏にあり、全身を伝わってくる。暗がりで視界が塞がっているぶん、草木の匂いがいっそう濃く感じられた。

「見てよ周二、あの人たちまだいるわよ」

繋いでいた手を強く握り、夏美が声を潜める。あの人たち、というのは行きにすれ違った男女のことで、たしかに前に見かけたのと同じ辺りに立ちはだかっていた。

「大人が四人も、若い女の子を囲んでなにやってるんだろ」

さっきはなにも言わずに通り過ぎたが、いまの彼女は明らかに、私は介入しますという雰囲気を醸《かも》し出している。

「だから何度も言ってるように、君が決められないのならご家族の連絡先を教えてもらえないかな。この島での雇い主じゃなくて」

近づくにつれて話し声がはっきりと聞こえてきた。

わざとらしく足を止め、砂岩やガジュマルの気根に向かってシャッターを切っていた夏美が、

「スカウトマンかな」

と小声で言ってくる。

「スカウト？」

「うん。あの人たち、たぶん業界の人よ。なんとなくわかる。だって、周二見た？　あの女の子、とんでもなくきれいよ。私、写真撮ってるふりしてファインダー越しにまじまじと見ちゃった」

夏美に言われて視線を向ければ、たしかに少女は美しい顔立ちをしている。

「私、ちょっと声掛けてくる」

意を決したように頷くと、夏美が構えていたカメラを下ろした。

「声を掛けてどうするんだよ。僕たちには関係ないだろ」

「でも、あの四人組が質《たち》の悪い人だったらどうするの」

「そんなことなさそうだけど？　口調も丁寧だし」

「それだけじゃわかんないわよ」

「よそうよ」

「もしあの子になにかあったら、見て見ぬふりをした私たちのせいじゃない」

夏美が躊躇なく四人の男女に近づいていく。彼女のこうした正義感には、これまでにも何度か遭遇してきた。もはや止めても無駄だということもわかっている。

「あの、失礼ですが」

よく通る夏美の声が、山道に響いた。日の落ちた山の空気を揺らし続けていた話し声が止まり、一番体格のいい男がゆっくりと振り返る。話を中断させられた煩《わずら》わしさからか、男の目にほんの一瞬だけ不快そうな色が浮かぶ。だがその表情も瞬時にうち消され、「なにか」と愛想のよい声が返ってきた。

「すみません、地元の方ですか」

夏美が屈託のない明るい口調で、話を続ける。

「いえ、違いますけど」

さっき言葉を発したのと同じ大柄な男が、今度はあからさまに迷惑そうな顔を作った。

「イヌガンという犬のお墓を探してるんです。ガイドブックにティンダバナにあるって書いてあったんです。山の途中まで登ってみたんですけど、よくわからなくて。祠より先ですか」

「だから、私たちは島の人間じゃないですよ」

夏美が話しかけた男が、四人の中では一番下っ端なのだろう。夏美への対応は彼に任せ、他の三人がまた少女に向かって話し始める。

「そちらの方は？　イヌガン、知りませんか」

満員電車に乗り込むように、夏美が四人の中に割って入っていく。

「ねえあなた、島の人？」

いつしか夏美は少女の真正面に立っていた。ためらいつつ、少女が頷く。

「よかった。もしよければ案内してくれませんか」

強引に少女を連れて行こうとする夏美に、その場にいた四人が同時に怪訝《けげん》そうな表情を浮かべた。大柄な男が他の三人に、困惑顔で目配せをしている。だが少女は夏美の登場にむしろほっとしたようで、ついていく素振りを見せる。

「じゃ、行こうか」

夏美が促すと、少女が小さく頷き、ほんの一瞬、周二を見た。

視線が絡んだその瞬間、周二の口からもう十数年呼ぶことのなかった名前が、漏れ出そうになる。いや、音になったかもしれない。自分にしか聞こえない、小さな声だ。

僕はこの子を知っている――。

いやそんなことあるわけがない。でも知っている。軽い眩暈《めまい》を感じながら、周二は遠い日の記憶を辿った。

あまりに強く見つめたせいか、少女の視線が頼りなく揺らぎ、だがその揺らめきがさらに周二の心をかき乱した。

どこからか、生温い風が吹いてくる。潮を含んだ湿った風だった。少女の被っていた帽子が、釣り針に引っ掛けられたかのようにふわりと浮き上がり、夕焼けの終わった空に紛れてしまう。その場にいた全員が空を舞う帽子を目で追っていたが、周二は少女から目を離せなかった。そのまま少女までも、風にさらわれそうな気がしたからだ。

足を一歩、前に出した。二歩、三歩と少女に向かっていく。気がつけば両膝が震えていた。震えながらなお、少女のそばに歩み寄ろうとしていた。顔を引きつらせて周二を見ている夏美と目が合った。だがそんな夏美の顔もいつしか視界から消える。周囲の音が遠ざかる。ガジュマルの枝葉の影の中に立つ、少女の姿しか見えなかった。

両手を前に伸ばし、少女の体に触れようとしたその時だった。強い力で襟首をつかまれ、後ろに引っ張られた。

足元が揺れたと思った瞬間、密集した灌木の中に引き倒され、同時に口の中に草の味が広がる。

「なにするのっ」

悲鳴のような夏美の叫び声に、混乱していた意識が、整然とまっすぐに流れ始める。地べたに這いつくばったまま叫び声のするほうを振り向けば、黒色のゴム長靴が視界にあった。

「おまえらなにしてるっ。花、こっち来う」

男が野太い声で叫ぶと、少女が猫の俊敏さで駆けていく。軽い足音が、土を伝って耳に届く。

「わしはこの子の親代わりだ。おまえら、ここでなにをしてるっ」

もう大声ではなかったが、男の声からは烈《はげ》しい怒りが伝わってきた。夏美に肩を抱かれて起こされながら、この怒気の混じっただみ声に聞き覚えがあることを思い出す。そうだ。この男とは一度会っている。日の入り前に訪れた久部良バリで出くわした男だった。

「申し遅れました。私は津村《つむら》と申します。テレビの番組制作会社のプロデューサーをしております」

津村と名乗ったのは、四人の中で最も年嵩《としかさ》に見える男だった。肩に掛けていたバッグから名刺を取り出し、丁寧に頭を下げている。スカウトマンではなかったものの、業界人だという夏美の読みは当たっている。

「この娘になんの用だ」

「実は私たち、すうやふがらさという民宿に宿泊しているのですが」

「宿泊先など聞いてないさ」

「そちらの女将さんに、花さんをご紹介いただいたのです。民宿で彼女をお見掛けした時から気になるというか、取材をさせていただきたいと思いまして」

「断る」

男は即答すると、そばに立っていた花の手をつかみ遊歩道を下っていく。花と呼ばれる少女は一度も振り返ることなく、その後についていく。

「あ、そんな早急にお決めにならなくても、ゆっくり考えてください。花さんと話し合って」

津村が立ち去る男を追いながら、声を張り上げる。

「もちろん出演料はお支払いします」

足音がしだいに遠ざかっていく。

「テレビに出たことをきっかけに、花さんの人生が変わるかもしれませんよ」

津村が腹の底から叫んだ声に、土を踏む足音が一瞬止まった。坂の下で、男が耳をそばだてている気配が伝わってくる。

「花さんには、探しているものがあるらしいですね」

それまでとは少し違った、親切心を際立たせた声で、津村が坂の下に語りかける。

「女将さんから聞きました」

温風がガジュマルの樹々を揺らした後、周二の体を通り抜けていく。集落のほうから犬の鳴き声が聞こえてくる。

「このテレビ出演を機に、なにか情報が集まるかもしれません。テレビの影響力というのはあなどれませんから」

手ごたえを感じたのか、津村の語りかけに力が込もってきた。人間の隙《すき》を知り尽くしたような声だった。周二も、たぶん隣にいた夏美も、坂の下で耳を澄ましているはずの男がなにか言ってくるだろうと待ち構えていた。どれくらいの間があっただろうか。だが再び坂道を下りる足音が聞こえ、その数分後には車のエンジン音が聞こえてきた。その場にいた誰かの舌打ちが耳を汚す。大きなため息を合図に、四人が無言で遊歩道を下り始め、周二と夏美は彼らが完全に去ってしまったのを確かめてから、山を下りた。

「さっきの、なんだったの」

宿に戻ると、静かだが切実な声で夏美が言ってきた。周二の背中に冷たい汗が滲む。なにを聞かれているのかわかっているくせに、

「さっきのって？」

と、鈍いふりをした。

夏美が年上の顔で苦く笑う。ふっと気が抜けたような笑顔を目の端で捉え、周二は携帯を手に部屋を出た。

民宿の玄関から外に出て、完全に日の落ちた集落をあてもなく歩いた。コンビニでも見つけて、夏美の好きなビールでも買って帰るつもりだった。どこかにコンビニの青白い光がないかと見渡しながら曲がりくねった道を進んでいく。角を曲がるたびに魔除けの石敢《いしがん》當《どう》に出くわし、石造りの門扉《もんぴ》や屋根の上からはシーサーに見張られていた。

——さっきの、なんだったの。

歩きながら、夏美の言葉を頭の中で繰り返す。自分でもよくわからない。あの少女と目を合わせた時の衝撃、あれはいったいなんだったのだろう。

低いブロック塀に囲われた民家の間を歩いているうちに、いつの間にか開けた場所にたどり着いた。蒲鉾《かまぼこ》のような形をした大きな建物は学校のようで、校舎に併設するグラウンドには石灰で引かれた白い線が、きれいな楕円形を描いていた。低い石垣のブロックに凭れかかりながら、手入れの行き届いたグラウンドを眺めていると、携帯に電話が掛かってきた。夏美からだ。

『いまどこにいるの』

なんの含みもない穏やかな声が電話の向こうから聞こえてくる。

「ビールでも買って帰ろうかと思って、コンビニを探してる」

『コンビニあったの?』

「いや、自販機すらない」

『島にコンビニはないと思うよ』

夏美は小さな息を吐いた後、宿に戻ってくるように伝えてきた。さっきティンダバナで見かけた少女が訪ねてきたから、と平たい口調で言う。

言っていることがよくわからず黙っていると、受話器から、

『夕食に招待してもらったのよ。周二やテレビの人を怒鳴りつけてきた男の人、いたでしよう？　あの人がお詫びしたいんだって』

と続く。

「お詫びって、どういう」

『周二をあの人たちと同じテレビ関係者だと思ったんだって。それで、あんな無礼な真似をしてしまったって。後であの女の子から事情を聞いて、反省しているそうよ。それでお詫びに食事でもどうかって』

民宿までは走って戻った。途中で路地が行き止まりになったり、迷ったりもしたが、「民宿すうやふがらさ」の名を出すと通りすがりの島民たちが道順を教えてくれた。久しぶりに全速力で駆けたので息が上がり、左の横腹が強く痛んだ。

「ごめん、遅くなって」

息を整えて客室の襖《ふすま》を開けると、夏美の隣にさっきの少女が座っていた。Tシャツに短パンという山で見たのと同じ格好をしていた。髪が極端に短いこともあって、帽子を深く被り顔を隠せば、中学生くらいにしか見えない。

「周二が帰ってくるまでにいろいろ話してたの。花ちゃんは東京出身なんだって。この人

は須藤周二といって花ちゃんと同じ東京生まれよ」

夏美が打ち解けた様子で、少女に語りかける。

「私は久遠花です。さっきはありがとうございました」

ピアノの鍵盤の、一番右端を叩いたような小さく高い声だった。

「電話でも言ったけど、花ちゃんの会社の社長さんが、自宅で夕食を振舞ってくださるんだって。榮門社長だっけ」

「はい。社長が二人を家まで案内しろって」

「せっかくだしお邪魔しようよ、ね」

夏美がそう言って立ち上がると、隣にいた花もそろそろと腰を浮かす。

「なにしてるの？　早く早く」

襖を開けて外に出て行こうとしていた夏美が肩越しに振り返ったので、花に留まっていた視線を慌てて引き剝がした。

榮門の自宅は、民宿から歩いて十分くらいのところにあった。二百坪はありそうな広大な敷地に真新しい赤瓦の平屋が建っていて、そこが母屋だった。赤瓦の平屋の奥に離れがあり、入り口の門からは全貌を見渡せないほどの奥行きがある。敷地の周りには台風に備えての石垣が張り巡らされ、周りの家屋と比べても際立って立派な造りをしていた。

「そうか。じゃあ今度ホームページをリニューアルする時は松川さんに頼むとするよ」

「お願いします、榮門社長。ほんと、このホームページのクオリティーで五十万超えはあり得ないです。更新してくれないならなおさらです」

一枚板の座卓で向かい合う二人がタッチパネルを指さし、榮門の経営する製糖会社のホームページを眺めている。座卓には国内最高度数の泡盛、「花酒《はなさき》」の一升瓶が置かれ、夏美と榮門の間をいったりきたりしていた。酒に強い夏美も、アルコール度数六十度の泡盛を前にしてさすがに酔いが回ったようだ。

「須藤さんはさっきから食べてばっかりだね。お酒は飲まないの」

楽しげに酒盛りを続ける夏美を横目に一心に箸を動かしていると、それまで台所に引っ込んでいた榮門の妻が隣に座ってきた。笑里という外国人のような名前が似合う、華やかな雰囲気の人だった。

「嫌いってわけじゃないんですけど、缶ビール一本で酔っぱらっちゃうんで。それに料理が美味しいから、食べることに専念してます」

座卓にはヤシガニ味噌の軍艦巻、ゆし豆腐、カジキの蒲鉾に島らっきょうの天婦羅など、地元料理が所狭しと並んでいる。どれも美味くて箸が止まらない。

「これ全部奥さんが？」

「奥さんだなんて他人行儀な。笑里って呼んでちょうだい」

「あ……、笑里さんが全部？」

「そうよぉ。里砂子と花も手伝ってくれたけどね」

座卓の端に座る二人に、笑里が「ねえ」と声を掛ける。花と里砂子は母屋に隣接する寮に住んでいるが、時々は夕食を一緒に食べるのだと笑里が話す。周二は笑里と会話しながらも視線の端で花を捉えていた。あからさまに顔を向けるわけではなく、料理を取るふりをして目の端に映す。それが精一杯だった。座卓の端で食事をとる花と里砂子は、ぼそぼそと言葉を交わしながら、くつろいだ様子で食事をしていた。里砂子という女は花よりもずっと年上で、夏美と変わらないくらいにも見えた。

「そうか。大学院生かあ。経済学とか博士課程とか、なにを勉強してるんだかおれにはさっぱりわからないさ」

天狗のような赤ら顔をこちらに向け、榮門が思いついたように話しかけてくる。

「それで須藤くんは、大学院を卒業したらどうするんだ？」

「それがまだ定まってなくて……。海外の大学で学びたいという気持ちもあるんですけど。でもそうなると一度社会に出て、留学費用を貯めてからの挑戦ということになりますが」

「須藤くんはいまいくつだ」

「二十七です」

「そうか。まだまだ若いな」

「まあ年齢的な焦りはありません。あと二、三年は勉強したいとも思ってますし」

榮門は「そうかそうか」と頷くと、自分にも四人の息子がいるのだと話し出した。兄弟で唯一大学を出た長男は、いまは東京で会社勤めをしている。次男は那覇に本社があるレンタカー会社で働き、三男は和菓子職人となって独立を目指して福岡で修業中。四男は高校を中退した後、高卒認定の資格を取って消防士になったという話だった。

どの息子もそれなりに手がかかったが、いまは自立している。榮門はそう嬉しそうに話し、

「あんたはなかなか酒が強いな」

と夏美のグラスに酒をつぎ足す。

「両親が酒好きなんですよ。母方の祖父母は福島《ふくしま》で酒蔵を営んでますし」

榮門と夏美の楽しげなやりとりを聞きながら、なにげなく座卓の端に視線を向けると、花と里砂子が座っていた場所にもう二人はいなかった。いつの間にいなくなったのか。食器もきれいに片付けられていた。榮門に熱燗のおかわりを頼まれていた笑里もまだ、戻っ

てはこない。なんとなく手持ちぶさたになり、

「ちょっとトイレに」

と断ってから立ち上がったが、榮門も夏美もこちらを見ていない。榮門がその場で中腰になり、なんの踊りかわからないが手足をくねくねとリズミカルに動かし、夏美が手拍子で盛り上げている。周二のことは視界に入っていないようだったので、部屋から続く縁側へそっと出た。縁側から空を見れば、白い月がうっすらと浮かんでいるのが見えた。

「散歩でもしてくるかな」

酒を飲まない人間には、こうした宴会では妙に冷めた時間がふいに訪れるのだ。周りの熱気が昂まれば昂まるほどに、冷静さが増してくる。酒の場だからこその本音が飛び交うのを、醒めた頭で聞かなくてはならないからよけいに面倒だ。特にそれが自分に向けられる苦言だったりするとことさら辛い。麻酔なしで体にメスを入れられるのに近いものがある。周二はガイドブックを手に取ると、十二畳はあるだろう広い客間を後にして廊下に出ていった。このまま屋外に出て、静かな場所で深呼吸したかった。

海まで出てみようか。地図によると、この道をまっすぐ下っていけば、ナンタ浜に出るはずだ。携帯も持っているし、夏美とは連絡がつく。

ブロック塀に挟まれた灰色の道路を下っていく。石垣が張り巡らされた路地は、どこま

でいっても同じ場所を巡っているような気になる。こんな時間だからか、外を歩いているのは自分ひとりだった。それでも自由な心地で、足取りは軽い。

集落と海の境となる県道を横切ると、ナンタ浜に出た。波の音が強く大きく聞こえてくる。

どこか座れる場所はないかと周囲を見渡せば、海岸に下りる短い階段があった。だがそこにはすでに先客がいる。

石段の途中に、花が膝に本を載せて座っていた。

驚かせないようにわざと足音を立て階段に近づき、

「こんばんは」

と声を掛ける。背を丸めて本を読んでいた花が、強張った表情で顔を上げる。

「ごめん、びっくりさせたかな」

周二はしばらく黙って花の反応を待っていたが、なにも返ってこない。しかたがないので「なに読んでるの」と質問を続けると、

「イヌガン伝説です」

と小さな声が返ってきた。

「本が好きなの？」

「本、というかこのお話が好きなんです」

「イヌガン伝説って、たしかティンダバナに墓があるっていう？　どんな話なんだろう」

「え？」

「あ、その……イヌガン伝説ってどういう内容なのかなと思って」

周二が聞くと、花は意外にも笑顔を浮かべ、島に残る伝説を聞かせてくれた。


昔々、この島に貢納船《こうのうせん》が漂着した。

船は久米島《くめじま》から琉球王国に向かう途中で嵐に遭い、無人島であったこの与那国に流れ着いたのだった。船には何人かの男たちと女がひとり、そして一匹の雄犬が乗っていた。

恐ろしい出来事が起こったのは、島に船が流れ着いたその夜のこと。ともに流れ着いた男のひとりが、朝になると忽然《こつぜん》と姿を消していた。そして次の朝には、また別の男の姿が消える。

そうして男たちは、ひとり、ふたりと消えていった。

最後に残ったのは、女ただひとりだった。女は犬を伴ってティンダバナで暮らし始めた。

そして数年が過ぎたある日のこと。小浜島《こはまじま》で漁をしていた漁師が島に流れ着いた。女はこの漁師に、かつてこの島にいた男たちが次々に消えていった奇妙な出来事を伝えた。

女は男に言った。

「消えた男たちは、おそらく犬にかみ殺されたのです。ここにいれば、あなたも同じように殺されるでしょう、早く島を出なさい」

だが男は、美しい女を愛してしまっていた。そのために島に残ることに決めた。男は女に黙って犬を殺し、どこかへ埋めて、女を娶《めと》った。

男と女はそれから夫婦として暮らし始め、七人の子供を得た。この時の子たちが後の与那国島住民の始祖だと言われている。

それから幾年かの平和な歳月が流れ――。

男はある時ふいに、自分が犬を殺して埋めたのだと女に告げた。もう何年も夫婦として暮らしてきたのだ。子もなした。油断していたのだろう。

殺して犬を埋めた場所まで伝えてしまった。

女が姿を消したのは、その夜のことだった。男は島中を探し回った。だが女の姿は見つからない。

男はまさかと思いながら、犬を埋めた場所に行ってみた。

女が犬の骨を抱いて死んでいた。

話が終わったことにも気がつかず、物語る花の横顔に目を奪われていると、花が首を傾げて周二を見つめてきた。

「これで終わり？」

「はい」

「……よくわからない話だな。イヌガンっていうのはどういう意味なのかな」

「イヌガンは、与那国の言葉で犬神という意味です」

「この伝説でなにを語りたいのかが、僕にはさっぱりわからないな。君はわかるの」

「よくはわかりません。でも……好きなんです。説明はできませんけど」

花が本を閉じると、栞《しおり》代わりのガジュマルの葉が周二の足元に落ちた。

「ここ、座っていいかな」

花はなにも言わずに体をずらし、空間を作ってくれる。だがそれ以上の会話は続かず、波の音と時々耳に届く犬の鳴き声が、沈黙を埋めた。

「君は島に来てどれくらいになるの」

「二年と二か月です」

「遠くの離島に来ること、ご両親には反対はされなかった？」

「……特には」

「ここで働くのは楽しい？」

「楽しい……のかな。よくわかりません」

「寂しくはないの？」

「どこにいても同じだから」

一番聞きたいことをひとつ残して、質問が思いつかなくなった。会話が途切れ、波音が大きくなる。しかたがないので、花と二人で海を見ていた。

どうして自分は、この少女のことがこれほど気になるのだろう。

暗い海を見つめながら、周二は思う。こうして言葉を交わしてみれば、少女とは初対面でこれまでなんの関わりもなかったことがわかる。久遠花という名前も初めて聞く。それなのにこの少女を見ていると、遠い記憶が呼び起こされるような感覚に陥るのだ。

「君はなにを探してるの」

「え？」

「ごめん、ティンダバナで聞いたんだ。津村とかいう男が叫んでただろ」

気になっていたのだと、周二は伝えた。

「僕なら、君の探しているものを見つけられる」

脈絡のないことを口にしていると呆《あき》れながら、周二は続けた。

花が、まっすぐに周二を見据えてきた。本心を見透かそうと、鋭い視線が周二の目の奥を探る。

「なにか、書くものを持ってないかな。鉛筆とか」

周二は息を詰め、その光る目を見返した。

花が足元に置いていた布のバッグからボールペンを取り出し、渡してくれる。周二はガイドブックの余白に携帯の番号を書き付け、ページを破って花に渡した。

「ここに電話をくれれば、いつでも会いに行くから」

周二が言うと、花は紙の切れ端をしばらく凝視し、微かに頷く。ほっとすると同時に胸の中に渦が巻いた。もう二度と。もう二度と、という言葉が、突如頭に浮かび困惑する。

もう二度と。

もう二度と――。

だがその続きが出てこない。

粘りけのある強い風が、海側から吹きつけてくる。

ガジュマルの樹の下で彼女を初めて見た時、どうしてかずっと逢いたかった、懐かしい人を見つけたようなそんな気がした。

生まれてから一度も経験したことのない、熱を孕《はら》んだ重苦しい気持ちが胸の奥から湧き上がってきた。こんなわけのわからない感情に突き動かされるのは初めてで、どうすればいいかわからず、途方に暮れる。

「ここでなにしてるの」

振り返った先に、白っぽい人影があった。暗くてはっきりとは見えなかったけれど、誰なのかはすぐにわかる。きっとその場所にずっといたのだろう。声を掛けるタイミングを逸《いっ》して、立ち尽くしていたに違いない。

「なかなか戻ってこないから、海で溺れてるのかと思った」

夏美は笑みを浮かべながら、足を一歩前に踏み出してくる。近づくと顔形がはっきりとした。

「二人とも、もう帰らないと」

花と周二を交互に見つめる笑顔がふいに崩れ、悲しげに歪《ゆが》んだ。

花を榮門の家まで送り届けた帰り道、夏美がふと足を止めて「先に戻ってて。散歩してくる」と言ってきた。

「散歩ってどこに」

「もう一度海でも見てから……」

語尾を飲み込み、夏美が背を向けて歩き始める。

「なら僕も行くよ」

周二は夏美から五歩ほど遅れて歩き出したが、彼女がこっちを振り返ることはない。民家の庭先で揺れるクバの葉が、風を送ってきた。

周二は窓から漏れる灯りに目をやりながら、夏美について行く。

集落内の細い道を右へ左へ折れながら下っていくと、やがて海に出た。さっき花といたナンタ浜だ。

波打ち際に立つと、夏美が肩越しに振り返った。隣に並ぶのを待つかのように、視線を投げかけてくる。

「こういうことだったのかな」

周二が隣に立つと、聞こえるか聞こえないかくらいの声で夏美が呟く。

「なに?」

「民宿の女将さんが言ってたでしょ、周二のこと。島に呼ばれたって」

海と空の狭間、湿った闇の中に漁船が一隻漂っていた。周二は夏美の言っていることがわからず、その横顔を見た。

「初めて見た。周二のあんな顔。海で花ちゃんと話してた時の周二、なんだろう……知らない人みたいだった」

嫉妬してしまったの、と夏美が笑う。三十二の女が十七の女の子相手に、本気で嫉妬してしまった。

夏美が一歩前に進み、海を踏んだ。サンダルから出た足の指が海水で濡れている。

「ごめん……。僕が悪い。そういう、夏美がそういうふうに考えるようなこととは全然違うんだ。違うってことをどう説明すればいいのか……。あんなふうに連絡先を渡したりしたら、誤解するのは当然だよな」

「いいの。わかってる。周二は私のことを、それほど真剣に考えていないことは」

「なんだよそれ」

「榮門さんと話してた時も」

「榮門さん?」

「大学院を出たら、って話」

「ああ……まだ進路が決まってないっていう。本当のことなんだ、自信を持ってこの道に進むっていう決断がなかなかできなくて。それで結論を先延ばしにしてるっていうか」

「周二の未来に、私は関係ないんだなって。あなたが進む道に私なんか必要ない」

「そんなことは……」

「いいのいいの。つき合い始めた時から周二はなにも変わってないんだから。私が変わっちゃったのね、きっと」

私の問題だから、最後は自分でちゃんとするから、と夏美がきっぱりと言う。

「あの子のことは本当にそういう、夏美が思っているような感情ではなくて」

「わかってる。でも花ちゃんなら、周二を変えられるかもしれない」

「僕が変わる?」

「そう。きっと花ちゃんは、周二に必要ななにかを持ってる」

「なにかって……どういうことだよ」

「さあ。自分でもなにを言ってるのかよくわからないけど。わかるのは、私がどれだけ必死になっても周二を変えることはできないってことよ。私の代わりはどこにでもいる。明日会わなくなっても、周二はなんでもないように生きていける。それだけは今日、はっきりとわかった気がする。ううん、ほんとはずっとわかってた。わかってて、この三年間一緒にいたの」

彼女の声に嫌な含みはまったくなかった。だが周二はなにも返さなかった。夏美の言う通りかもしれないと、思ったからだ。

5

酔いが残るうすぼんやりとした頭で事務所に顔を出すと、花たち従業員は出払っていた。壁に掛けられたホワイトボードには従業員の予定が書かれていて、それぞれの欄に出先が記されている。花は朝から牧場で勤務。里砂子は休みになっている。榮門は冷蔵庫から島特産の長命草ドリンクを取り出し、ひと息に飲み干した。

「だめだなぁ。こんなことなら昨日、酒飲む前にウコンを入れとくんだった」

昨夜は花酒を酌《く》み交《か》わせる相手と久々に出逢えたのが嬉しくて、ついつい調子に乗ってしまった。いつもなら笑里が止めに入るのだが、昨夜に限っては寛大でやれ花酒だ、やれビールだと次々に酒を運んできたのだ。まさか東京の娘があんなに飲めるとは。それにしても、たいそうさっぱりとした明るい娘だった。四時間近く酒を酌み交わし、いろいろと愉快な話をしたことを思い出し榮門は口端に笑みを浮かべる。夏美は、東京でウェブ制作会社に勤めていると言っていた。その会社が具体的になにをするところなのかはよくわからないが、アートディレクターというまとめ役のもとでウェブデザイナーをしているのだという。

「アートディレクターがこれまでとは別の人に代わったんで、仕事がきつくなったんですよ。その人、クライアントの理不尽なクレームから私たちデザイナーを守ってくれないし、やり直しも倍増したし。この前なんて完成品のチェックをそのアートディレクターが忘れてたせいで、納入が遅れたんですよ。それなのに私も一緒にクライアントに頭下げに行って。信じられます？」

グラスを次々と空にしながら、夏美は途切れなく話し続けた。神奈川《かながわ》で生まれ育ち、高校を卒業してから東京の専門学校でウェブデザインの知識を身に付けたという夏美は自信に溢れ、生命力が漲《みなぎ》っていた。榮門の元へやってくる、社会に適応するのが難しい若者たちを見ているせいだろうか。自分の足で立ち、嫌なことがあっても酒の席で笑い話にしてしまえる夏美という女性の強さがとても眩しく思えたのだ。

長命草ドリンクを飲み干すのを待っていたかのように、電話が鳴った。受話器を取る前にある女の顔が浮かぶ。

「あぁ武っさん？　んだけ、お願いあんど」

思っていた通り、電話の主はすうやふがらさの女将、悦子だった。

「悦子か。どうした」

「お昼時にすまぬげ。実はね、今日の夕方から花ちゃんの手伝いを頼めないかと思ってさ」

「花を？　またか」

「八名で宿泊してた建設会社の人が、延泊してくれたのよ。それで夕食も宿で用意してほしいって言うから。でも今日も満室だし、手が足りなくなっちゃってさぁ」

無理を言うぶん時給は倍額支払わせてもらう、と悦子が頼んできた。電話の前で手でも合わせたのか、切羽詰まった声が一瞬遠のく。榮門は壁に掛かるホワイトボードに目をやり、花の予定を再度確認した。午後三時までは牧場で仕事をしているが、それ以降は空白だった。

「花に聞いてみる。本人がもし行くといったら行かせるさ」

「頼むわ。なんとか」

「でもあの子が疲れてたら無理だぞ。今日は朝の六時から午後三時まで牧場だからさ」

「わかってる」

「それより里砂子はどうだ？　里砂子なら今日は休みで寮にいるんだ」

「う……ん、里砂子ちゃんは思ったこと全部顔に出ちゃう人だからねえ。気に入らないお客がいると不機嫌になるのよ。やっぱり、花ちゃんお願いするわ。よろしくね、武っさん」

悦子は念を押すように声に力を込め、そのまま電話を切った。

「電話、誰から？」

事務所の入り口に笑里が顔を出した。つまみ食いでもしているのだろう。頬が膨らんでいる。

「悦子。夕方から花を寄こしてくれって」

「花ちゃん？　それはきついよぉ。牧場で九時間働いた後だもん。昨夜も遅かったからさぁ」

昨夜、花は夜中の十二時を過ぎてから戻ってきた。出かけていたことすら知らなかったのだが、家の前で人と話している姿を見つけた時は、「何時だと思ってんだっ」と怒鳴りつけてしまった。花が一緒にいたのは夏美と須藤で、榮門が客間でうたた寝している間に海まで散歩に出ていたのだと、後になって聞いた。須藤は酒を飲んでおらず、冷静な口調で、「遅くまでつき合わせてすみません。夜の海があまりにきれいだったので時間を忘れてしまいました」と頭を下げてきた。庇う須藤の後ろで、花が表情を欠いた顔で背中を丸めて立っていた。

月明りの下で花と須藤を交互に見比べながら、そうだったのかと、その時榮門はようやく気づいたのだ。

久部良バリで初めて須藤を見かけた時、なぜだか素通りできなかった。全体的に線の細い、特にこれといった特徴のない男なのだが、どうしてか見過ごすことができなかった。だから須藤が海に下りていくのを、後をつけるようにして眺めていたのだ。須藤は透明な糸で手繰り寄せられるかのように、その辺りでは最も潮目の荒い海に近づき、何人もの島民が命を落とした場所に立った。「落ちるぞ」と声を上げたのは、海から幾本もの白い手が伸びてきているのが視《み》えたからだ。そんなものを目にするのは、本当に久しぶりだった。祖母が死んだ日以来か。高波に紛れた幾十本もの死者の手が、須藤の体を海の中に引きずり込もうとしていたのだ。

須藤と花は似ている。だから自分は須藤から目を離せなかった。顔の造作が似ているわけではない。花はどんな大勢の中に埋もれようともその美しさを隠しきれないし、須藤はいたって平凡な顔立ちだ。だが似ているのだ。どこがどう似ているのか、説明することはできないのだが。

「なんだ。まだおれに用事があるのか」

笑里がなにか言いたそうに、こちらを見ていた。

「あの、お父さん、怒らないでよ」

「だからなんだって。まどろっこしいやつだな。さっさと言え」

「お客さんが見えてるんだけど」

「客？　なんの客だ」

「……テレビの人」

「テレビって？　ああ、あの東京から来てるっていう。わざわざここまで訪ねて来たのか」

「そう。お父さんに会って話がしたいんだって」

しつこい奴らだ。瞬間、腹の辺りが怒りで熱くなったが、鼻から息を吸い込んで気持ちを落ち着かせた。これも商売だ。島のためだ。島が生き残っていくためには、島の暮らしを守るためには、自分の気持ちばかりを押し通してもいられない。

「入ってもらえ」

「ん、さなぁー」

ハイビスカスの花が開く瞬間のような声を、笑里が上げる。

「いいさ。話くらいは聞かないとな。向こうも仕事なんだからさ」

榮門は笑里に客人を一番座に上げるよう伝え、椅子から立ち上がる。

一番座とは縁側からみて右端にある十二畳の和室で、大切な客を通すために使っていた。

一番座の左側には二番座と呼ぶ八畳の仏間があり、いまはその間の襖を開け放してあった。

「お待たせしました」

榮門が敷居を跨《また》ぐと同時に、笑里がさんぴん茶を盆に載せて運んできた。氷がぶつかるカラカラと涼しげな音が、客間に響く。客人は男が三人と女がひとり。笑里が卓上に茶を出すと、四人が正座をしたまま頭を下げた。榮門も一礼してから腰を下ろし、座卓越しに向き合う。

「昨日ティンダバナでもご挨拶しましたが、私は津村と申します。今日は突然お邪魔して失礼しました。それにしても立派なお宅ですね、いやぁ見事です」

おそらく四人の中で一番年上だと思われる男が、名刺を差し出しながらしみじみと口にする。機嫌をとるためのお世辞を口にしているというより、家屋の広さに心底驚いているというふうだった。

「築百年近くにもなる古い家です。まあもちろん傷んでもきますから、その時々で修繕したり、場合によって改築や増築を繰り返しておりますがね」

「家を囲んでいる塀がきれいなので、もしお許しいただけるなら、後でカメラマンが写真に撮らせていただきたいと言っているのですが」

「ああ、かまいませんよ。あれは花ブロックといいます。光や風を通すためにブロックを切り絵のように型抜きしてあります。沖縄の家は台風に備えてコンクリートでできた味気のないものが多いから、ちょっとした遊び心で使われ始めたんですよ」

「へえぇ。たしかに他の家屋の塀にもありましたね。榮門さんのお宅を拝見するだけで、いろいろ勉強になります」

自宅の敷地を囲む石垣の土台には琉球石灰岩を使い、その上に積んであるのが花ブロックだった。母屋の間取りは一番座、二番座、三番座、裏座になっていて、三番座は居間として、裏座は寝室として使っている。寮にしている離れの他にはネーヌヤーと呼ばれる納屋、そのすぐ後ろに穀物を収納しておく高倉が敷地内にあった。

「もしご興味があられるようなら、お見せしますよ」

古民家の造りに関心がありそうな男に対して、榮門は丁寧に説明をした。

「離れがずいぶん大きいんですね」

「昔はあの離れに島外から訪れた役人が宿泊したそうです。まあ私が生まれる前の話ですがね」

「家の周りに植えられてる樹はなんですか。葉っぱが楕円形の」

「あれはフクギですよ。沖縄では防風や防火林として植えられてます。それに葉っぱがぶ厚いので陽射しよけにもなるんです。フクギの陰は昼間でも涼しいんですよ」

「あれがフクギですか。美ら海《ちゆうみ》水族館の近くに有名なフクギ並木があるというから、帰りに寄っていこうかという話にもなってたんですよ。そうですか、あれがフクギか」

男に渡された名刺には「東栄《とうえい》テレビ　プロデューサー　津村祐介《ゆうすけ》」とあった。他の三人からも名刺を渡され、その肩書は女がカメラマン、あとの二人の男がアシスタントディレクターと記されていた。

「それで、お話といいますのは？」

榮門が切り出すと、津村の表情に緊張が走った。おそらく悦子から、榮門が気乗りしていないことは伝わっているはずだ。

「実はこちらで働いておられる久遠花さんを、旅番組で取り上げさせていただきたいのです」

「その話は聞いてます。でもどうして花を出したいのか、さっぱりわからない。すうやふがらさの女将が話したと思いますが、あの子は島の子でもないんでね」

「それは聞いております。二年前に島に来られたんですよね。もとは東京の出身で、高校を中退してからここで働いていると。榮門さんが島外の若者に、住む場所を無償で提供し、島で働くことを支援する活動をしているということも、女将さんから伺いました」

「活動なんて、そんな立派なもんじゃないですよ」

悦子のやつ、べらべらとよけいなことを。憮然《ぶぜん》とした表情のまま、榮門は無言で次の言葉を待った。

「私たち、民宿で働く花さんを見ていて素直に感動したんですよ。ありきたりな言葉ですが、あまりに一生懸命だったもんですから。普通あれくらいの年の子だったら、もっと手を抜きますよ。時給だけもらえればいい。そう思ってる子がほとんどです。ですが花さんは配膳や掃除の仕事を終えたら庭の雑草引きや、宿で飼っている犬まで洗い始めて……。初めは女将さんのお孫さんかなと思っていたんです。それくらい島の風景に馴染んで見えて。それが島外から二年前に来たばかりだと聞いて、ちょっと驚きましてね。しかも東京から十五歳で単身で移ってきたというんで、興味を持ったんです。『再生』という映像のテーマが浮かんだんです」

「再生？」

「はい。おそらく都会では生きづらいなにかがあったんじゃないでしょうか。詳しくは知りませんが。でもこうして日本の最西端の島に移り住み、血は繋がっていないけれど榮門さんや奥様のような心温かい方々と巡り会い、生き直すことができた。そういう花さんの姿に勇気づけられる人たちが全国に大勢いると思うんです。なにも特別なことをしてほしいわけじゃないんです。花さんの日常と、この島の風景を撮らせてもらえたらと思いまして」

津村の熱のある訴えに、榮門自身も心が動かないわけではなかった。彼がテレビマンの直感で「花を撮りたい」「花なら物語になる」、そうひらめいた気持ちはわからないでもない。いまあの子は普通の十七歳にはない日々を生きている。ましてあの容姿だ。だが再生の物語を描くというのなら、花がこの島に来た事情まで深く知りたがるのではないか。

「申し訳ありませんが、お断りします。あの子にはいろいろと事情があるんです」

「事情といいますと？」

津村の目に探るような光が混じっていた。榮門は津村の問いには答えず、

「テレビの反響が良いものばかりであるとは限らない」

と少しばかり揺れた心を、自らの言葉で落ち着かせた。

「花さんに悪影響があるとおっしゃるのですか」

「ないとは言いきれません。あなた方はあの子のことをどれだけ知ってますか。私はあの子を守る立場の人間ですから、慎重に考えておりますよ」

少し話しただけではわからないが、花には変わったところがあるのだと榮門は打ち明ける。津村が推察するように、中学時代はそのせいで生きづらさを感じ、孤立していた。

「いまの子供たちはネット上に悪口を書き込んだりするそうですね。花もかつてはいろい

ろ書かれていたそうです。あの容姿ですから妬《ねた》みなんかもあったんでしょうな。テレビに出ることで、そうした誹謗中傷《ひぼうちゅうしょう》が再燃しないとも限りません」

花の事情を今日会ったばかりの男にすべて話すつもりはなかったが、きちんと納得させなければ、まだまだ食い下がってくる気がした。

榮門は胡坐《あぐら》をかいたまま頭を下げ、

「どうぞご理解ください」

ときっぱり告げた。津村はしばらくの間黙り込んでいたが、やがて「わかりました。でもすが花さんが生き方を模索《もさく》しているのならなおさら、今回の出演がなにかのきっかけになるかもしれません」と静かに返してきた。正座のせいで足が痺《しび》れたのか、顔をしかめながら立ち上がる。

「榮門さん、あと二日ほどすうやふがらさに泊まっています。もし気が変わられたら、ご連絡ください」

「わかりました。花とも話し合っておきます。最後に決めるのはあの子かとも思いますんで」

カメラマンの女性が榮門の家を外から撮らせてもらってもいいかと聞いてきたので、笑里を呼んだ。笑里が愛想のよい笑顔で「はい、われどうぞぉ」とカメラマンを案内していく。こんなふうに、島の風土に興味を持ってもらえることは素直に嬉しい。ただ花のテレビ出演というのは、やはり安易に承諾できることではない。

津村たちを帰してからまた事務所に戻り帳簿をつけていると、憮然とした頰をぷくりと膨らませて笑里が入ってきた。冷房の設定温度が低すぎる。そう小言を言われるのかと思いリモコンに手を伸ばしたその時、「かれしんさったかね」と明らかに棘《とげ》のある声が耳を突く。腹に不満を持っている時、笑里はわざと方言で話す。

「なにがだ」

「だからぁ、あれでよかったのかしらね、って」

「だからなんだって、なにが言いたい」

笑里はわざとらしくため息を吐くと、偶然なのかわざとなのかいつも花が座っている椅子に腰を下ろした。中古で買った古い事務椅子が笑里の体重を受け苦しそうに軋《きし》む。

「花ちゃんのテレビ出演よ。あの子に聞かないうちから断ってよかったのかねぇって」

「花のことだ。いいも悪いも言わねえさ。おれが出ろといえば出るだろうし、出るなといえば出ないよ」

「ワンマンだねぇ」

「そうじゃないさ。あの子は人に逆らってまで、自分の意思を押し通すことはない。そんなことおまえだってわかってるだろ。だったら保護者代わりのおれたちが良し悪しを判断してやらないといけないさ」

笑里が椅子に座ったままキャスターを滑らせ、すぐ目の前まで近づいてきた。

「あの子がテレビに出ること、私は悪くないと思うよ。津村さんって人の受け売りだけど、花ちゃんが一生懸命働く姿に勇気づけられる人もたくさんいるはずさ。この島のいいところもいっぱい知ってもらえるし」

「そんなことはわかってる」

「楽しそうな花ちゃんを見て、援農隊《えんのうたい》が活発だった昔のようにこの島に来てくれる人がもっと増えるかもしれないよ。そうしたら島に活気も出るよ」

「援農隊……か」

この島で最も古い製糖工場は一九六一年に操業されたのだが、その当初から島民は援農隊による助けを受けてきた。収穫時に島外から手伝いを呼び、繁忙期を乗り切ってきたのだ。古くは百十一キロほど離れた場所にある台湾《たいわん》から、一月から三月の冬季には、雪で閉ざされた北海道から手伝いに入ってくれることもあった。まれびと――風のように島にやって来る外地の人々と島民は、ほどよい距離を保ちながら共存してきた。

日本の最西端にありながら島外の者たちと濃密に関わってきた島の歴史を、榮門とて多くの日本人に知ってもらいたい。日本の国境とも呼べる島の存在を、いま一度心に留めてほしいという気持ちは強くあった。

「私は花ちゃんがここで幸せに生きてること、テレビで取り上げてもらいたいよ。永井先生の取り組みも、もっと多くの人に知ってもらえるでしょう」

「永井先生の活動は、もうとっくに世間には知られてるさ」

「もっとよ、もっともっと。本気で伝えたいことは、しつこいくらい口に出さないといけないって、お父さんいつも言ってるじゃないの。世間はみんな忙しくしてる人ばかりなんだから、聞き流したり忘れたりするものよ。だから何度も何度も繰り返さなきゃ」

笑里の勢いに気圧《けお》され、榮門は思わず頷いた。妻の言うことはなにひとつ間違ってはいない。だがいくら正しいことでも危険は伴うのだ。

「それでも花はだめだ」

榮門がきつい口調になると、笑里はむっつりと黙り込んでしまった。俯《うつむ》く笑里から視線を外し、机の上にある帳簿に視線を移す。妻の機嫌を窺ったり優しく気遣う器用さを、榮門は持ち得ない。笑里の機嫌が直るまで、なにも言わずに待つだけだった。

「ほんとに、これでいいのかねぇ」

「おまえもしつこいな。だから何度も言ってるように、花がテレビになんて出たら」

「そうじゃないよ。テレビのことじゃないの。花ちゃん、ずっとこの島にいるつもりなのかなってことよ」

「どういうことだ？　あの子が島の暮らしを気に入っていて、それでよければいいんじゃないか」

「将来は？」

「難しいこと聞くな」

「ずっと島に留まるの？　それがあの子の望む人生なのかな」

「でもおまえ、里砂子にしても十年以上ここにいるぞ。もうどこにも行くつもりがないと、本人も言ってるさ。おれは里砂子や花がそうしたいなら、ずっといてもいいと思ってるんだ。望むならこの家から嫁がせて、これからも家族同様に暮らしたって」

「ねえ、お父さん。花ちゃんがここに来てすぐの頃、悦子さんに言われたこと憶えてる？」

「悦子がなんだって」

「悦子さん、花ちゃんを初めて見た時、『どうして同じ場所にじっとしてるの』って聞いてたでしょう」

「そんなこと……言ってたか」

「言ってたよぉ。悦子さんは時々妙なことを口にするから、私もその時は気にしてなかったんだけど……。でもいま思えば、あの時だけだった」

「なにがだ」

「花ちゃんがまともに喋ったのが、よ。島に着いてからずっとだんまりで、この島に来たことも私たちの元で暮らすことも、どこか他人事《ひとごと》のような顔して……。でもあの日、悦子さんからそう言われた時だけ、きちんと答えてたよ」

「花はなんて答えたんだ」

「どうやっても先に行けないって。たしかそんなこと言ってた気がする。その時まで私、この子は会話ができない子なのかと思ってたけど、その時はちゃんと喋ったんだよ」

「……なあ笑里。花はなにを探してるんだろうな」

「それがわからないから困ってるのよ」

「本人がなにを探してるのかわからない。そんなふらーなことが実際にあるんだなあ」

「だからよぉ。花ちゃんがテレビに出たら、なにか手がかりになる情報が入るかもしれないって。あの子がなにを探しているのか。探しているもののほうから近づいてくるかもしれないでしょ」

悦子に決めてもらおう。珍しく強い口調で笑里が言いきる。テレビ出演を受けるべきか。

それとも断るべきか。もはや自分たちの一存では決められないから、と。

机に向かって事務仕事をしていると、大きな足音をさせて笑里が走り込んできた。

「なんだよ、騒々しいなぁ」

「お父さん大変だよ。花ちゃん、テレビに出るって。いま水川《みずかわ》さんの牧場にテレビ局の人が来てて、そこで話してるみたいだよ」

「どうしてそんな」

「牧場から連絡があったんだよ。水川さんが、私に確認してきて」

榮門は花の履歴書が綴じてあるファイルを机の一番上、鍵のかかる引き出しにしまった。トラックのキイを手に、冷房を消して事務所を出る。冷房の効いた事務所から屋外に出れば、肌を焼き焦がす陽射しが、頭上から照りつけてきた。容赦ない熱を注ぐ島の太陽を見上げれば、榮門は子供の頃からいつも大声を出したくなる。まだ小さかった頃は空に向かって本気で吠えたこともあった。だが七十近いオジイとなったいまは、声を発さず胸の中で叫ぶだけだ。

花。おまえ、なにを探してるんだ？

見つかるまでここにいていいから、焦ってどこかに行ったりするなよ。榮門は花に伝えたい言葉をぐるぐると頭の中で唱えながら、キイを回してエンジンをかけた。

6

十月に入ると大学に学生たちが戻ってきた。長い夏休みを満喫した彼らの顔は生気に満ち溢れ、さぁまた新学期も頑張るぞという意思が漲っている。周二にしても京都の猛暑を乗り切ったところで、先延ばしにしていた就職についてそろそろ考えようかという気持ちにはなっていた。大学内のタリーズでアイスコーヒーを飲みながら、ノートパソコンを立ち上げる。特になにかを調べたかったわけではないが、博士課程三年目に入るまでには進路をどうするか、決めておかなくてはいけない。

「マクロ講師の公募？　なんや周二、うちの大学の講師になるんか？」

パソコンの画面をぼんやり眺めていたところに、聞き慣れた関西弁が落ちてくる。

「周二、久しぶりやな。あんじょうしとったか」

「ああ、黒田か」

顔を上げれば、黒田藤政が剃り上げた頭を手拭いで拭きながら立っていた。授業がある時はほとんど毎日会うのだが、さすがに夏休みは顔を見ていなかったので、少しだけ新鮮な感じがした。

「公募の情報を見てただけだよ。教職もいいかと思うけど」

「なんや。あいかわらず歯切れ悪いなあ」

黒田が笑いながら、周二の向かいの席に座った。

「それにしても今年の夏は暑かったな」

黒田が布製のトートバッグから水筒を取り出す。

「おまえも飲むか」

「いいよ。生ぬるい白湯《さゆ》なんて飲めないよ」

「梨木《なしのき》神社の染井《そめい》の水やで」

「遠慮しとくよ、コーヒー飲んでるから。それより、寺の息子が神社の水なんて汲んでいいのかよ」

「そんなんかまへんやろ」

春夏秋冬、どの季節でも黒田は白湯を好んで飲む。

「今年はなかなか暑さが引かないなあ。京都は気に入ってるけど、この蒸し暑さには正直まいるよ。熱湯に浸した、ぶ厚い布に包まれてるみたいだ」

「あほう。この蒸し暑さがなくなったら、京都と違うで。鴨川《かもがわ》の水遊びは京の夏の風物詩やけど、暑うなかったらのうなるやろ? 蒸し暑さを受け入れな、京都には住まれへんで。おれなんかこの夏もこき使われてきましたよ。ほら見てんか。誰かさんと違って海に行ったわけでもないのにこの日焼け」

京都の寺院の跡取り息子である黒田は、夏休みはたいてい実家に戻って父親の手伝いをしていた。境内《けいだい》の草刈りや樹木の剪定《せんてい》といった雑用がほとんどらしいが、時には袈裟《けさ》を着て父親のお供をするようなこともあるのだという。だから秋に再会すると必ず髪はきれいに剃り落とされ、原付バイクで走り回るせいか首から上と手だけ真っ黒に日焼けしている。

「そうだ。黒田おまえ、夏美によけいなこと言っただろう」

「よけいなことって、なんや」

「おれが塞ぎこんでる、とかなんとか」

夏美には、自分が夏になると調子を崩すことは話していない。だがさすがにいつも近くにいる黒田には、夏が苦手で頭痛や不眠を患《わずら》うことを打ち明けていた。バイトや課題など、黒田には助けてもらうことが何度となくあったからだ。黒田は薄々、その不調が心因的なものだと気づいているはずだ。だがそれには触れないでいてくれた。今回のように、夏美に連絡をするなんてことは一度もなかったのだ。

「今年は特に辛そうやったから見かねたんや。えらい痩せてたし、ほっといたら病気になるんと違うかと思て」

「お節介だな」

「人助けや。小さい時分から人には優しゅう、て教えられてますから。それよりここで飯食っていいか？　朝飯抜いたせいで腹が減ってたまらんのや」

黒田がこの大学を受験したのは、寺を継ぐのが嫌だったからだと出逢ってすぐに聞いた。経済学部に進んだのも、仏教とはまるで違う学問をすることで、親や親戚に諦めてもらうためだったと。受験勉強を始めたのが高三の夏からだったので、その時はさすがに一日十四時間くらいは机に向かったと言っていた。「円形脱毛症になったんや。坊主になりたない一心で勉強して、それではげとったらどうしようもないやろ」と黒田は時々、当時の苦労を笑い話にしている。寺を継ぎたくないと言うわりに、黒田の所作《しょさ》はやたらに僧侶っぽく、いまも持参してきた玄米と野菜だけの弁当を開き行儀正しく口にしていた。弁当は早起きして自分の手で作り、竹皮で編んだ弁当箱に詰めてきている。

「じゃあおれもなにか買ってくるよ。アイスコーヒー一杯だけで長時間テーブルを占領してたんじゃ店に悪いから」

カウンターでサンドウィッチを買って席に戻れば、背筋をぴんと伸ばした黒田が、弁当箱にこびりついた玄米を一粒一粒箸先で摘まんで口に運んでいるところだった。

「それで、与那国島は楽しかったんか」

「なんだ。旅行先まで知ってんのか」

「そらそうやろ。夏美さんに旅行行ってきたらどうかと提案したのは、おれなんやから。海に行くと聞いて、嫉妬の夏を送ってたわ。おれなんてほぼ毎日法事のお供やったからなあ」

「おまえがおれのこと話した時、夏美、なにか言ってたか」

「心配してはったわ」

これは内緒やけど。そう前置きしながら、黒田が声を潜める。

「実は前にも一度、夏美さんに聞かれたことがあったんや。眠っている時のおまえが、いつもうなされてるって。なにか思い詰めてることがあるんとちがうかって」

「それでなんて答えたんだ」

「うちの大学の院生は、たいていそんなやつばっかりやと言うといた」

「おまえ、そんなことおれにさらっと話したら、内緒話にならないじゃないか」

「悪意のある内緒話やないから、ええやろう」

弁当を食べ終えた黒田が、金魚柄の日本手拭いで弁当箱を包む。額の汗はすっかりひき、いまは涼しい顔をしていた。切れ長のやや吊り上がった双眸《そうぼう》に筋の通った鼻梁《びりょう》。尖った耳に、形の良い薄い唇。なにも話さずこうして静かに黙っている黒田を見ると、出来栄えの良い仏像に見えてくる。

「なんや、おれの顔になにかついてるか」

「なあ、黒田」

周りの喧噪が一瞬、遠のく。黒田相手に緊張している自分に気づき、鼓動が速くなる。

「どうした？」

「おまえさ、初めて逢った人が気になってしかたがないってこと、あるか」

黒田の眉間に、深い皺が一本刻まれた。

「ようないもんが憑《つ》いている人は……たまに視るな」

「違う違う。そういうんじゃなくて。この女の子、どこかで逢ったことがあるんじゃないかとか。なにか……運命を感じるというか、そういう気になり方だよ」

「おまえ、まさか夏美さん以外の女に」

「いや、そういうのとも違う。恋愛感情じゃない。そんなはっきりとわかりやすい感情じゃなくて、なんだろう、どうしてか気にかかるというか。一度逢っただけなのに、忘れられないというか」

京都に戻って来ておよそ二か月間、花からの連絡を毎日待っていた。今日こそ電話が掛かってくるんじゃないか。そう考えると携帯がそばにないと落ち着かなくて、トイレにも風呂にも持って入った。だがそれがどういう感情なのかがわからず、気持ちをもてあましている。花から連絡がくる確率は限りなくゼロに近いと知りつつ、どうしても待つことをやめられないのだ。

「もしかして、この前、バイト代わってくれって言うてきた一件に関係あるんか」

真顔になった黒田の眼光が鋭い。

「さ……すがだな。なんでわかる」

「普段テレビをほとんど観いひんおまえが、観たいテレビがあるからバイト休むなんてどう考えてもおかしいやろ」

勝ち誇ったように笑うと、黒田が説明しろと身を乗り出してきた。椅子に深く腰掛け直し、話の先を急《せ》かす。

ちょうどいまから二週間前、大学の図書館で新聞を読んでいたらテレビ欄でたまたま「与那国」という旅番組のタイトルを見つけた。もしかすると、あの時島に来ていたテレビ関係者たちが作った番組かもしれない。そう思い、バイトを代わってもらい家に戻ってテレビをつけた。すると「もしかすると」が現実になっていた。花がテレビの中に現れたのだ。少し伸びた髪と、褐色の肌。澄んだ大きな目が実物よりもさらに圧倒的な存在感をもって映し出されていた。周二はすぐさま番組を録画し、何度も何度も繰り返し再生した。十四日の間に少なくとも五十回以上は観たはずだ。

「この感情はなんだろう」

助けを乞う思いで、周二は聞いた。

「なんだろう、て言われても。一目惚れやろ、としか返す言葉はないわ」

小さく息を吐くと、黒田が口端を上げる。

「だから、そういうんじゃないんだ」

「おまえの言うてることが、おれにはわからん。なんでわからんか。それは、おまえがおれに隠してることがあるからやろう。そっちから話してくれんと、なんも答えられへんわ」

黒田が頬に笑みを浮かべたまま、周二の心の中を見透かすように両目を細める。

周二は一度息を吸い込み、

「隠してたわけでもないんだ」

と言いながら吐き出した。

まさか周二がそんな言葉を返すとは思っていなかったのだろう。黒田が目を見開き、意外だといった表情を見せる。

「ほんまに、なんかあるんか」

周二は力なく頷き、これまで誰にもしたことのない話を黒田に語る覚悟を決めた。本当なら一生、誰にも知られたくない自分だけの後悔だった。でもいまの自分に起こっていることを黒田に知ってもらうためには、この話をせずにはいられないだろう。

須藤美羽は、周二の父方の従妹だった。

父親には一回り以上歳下の妹がひとりいて、叔母にあたるその人の名前を須藤瞳《ひとみ》という。

瞳は高校を卒業してから特になにをするわけでもなく、時々アルバイトをしながら気楽に暮らしていたらしい。とてもきれいな人で、都内の繁華街で遊んでいたら、一日で三つの芸能プロダクションのスカウトマンから声がかかったという話も聞いた。ただ生まれながらの無精者で、約束を守ったり、ひとつのことをこつこつと続けるということが極端に苦手だったそうだ。

だがそんな瞳も十九歳の時に美羽を産んでからは、毎日働きに出るようになった。シングルマザーとして、祖父母と美羽と四人暮らしをしながら恵まれた容姿を生かし、都内のクラブに勤めていた。

周二の母親は瞳のことを毛嫌いしていたけれど、自分はこの若く美しい叔母が好きだった。母にはない甘やかな雰囲気があり、「周ちゃん」と名前を呼ばれると柔らかい布で体を包まれたような気持ちになった。瞳は周二の父親を慕《した》っていて、時々美羽を連れてうちに遊びに来たが、そのたびにゲームのソフトなどの土産を持ってきてくれるのも嬉しかった。たぶん兄の浩一も、瞳と美羽が家にやって来ることを心待ちにしていたと思う。

浩一と周二、そして美羽の、子供たち三人だけで出かけることも時々あった。瞳にお金をもらって、アニメの映画を観に行くのだ。映画館までは瞳がつき添ってくれて、館内には子供だけで入る。映画を観ながら食べるバター味のポップコーンやコーラも、瞳にもらったお金で買った。

だがずっと続くと思っていた平和な子供時代は、祖父の死によって激変した。

祖父が病気で亡くなると、瞳は十代の頃のように夜遊びや朝帰りを繰り返すようになり、そのうち二日、三日、一週間と家を空けるようになった。当時、祖母がしょっちゅう周二の家にやって来ては「瞳が昔に戻ってしまった。生活費も入れない」と父を相手に涙を流していたことを憶えている。

そしてある日突然、祖母がうちで同居することになったのだ。周二が小学三年生の時だった。瞳が当時交際していた男を家に連れ込み、そのまま住みつかせたのだと祖母は嘆いていた。「あんな汚らしい男と一緒になんて暮らせないよ。あたしの言うことなんて、あの子、聞きもしないんだ」と祖母は、自分ひとり鞄を抱えて家を飛び出してきた。

祖母が家を出た後、美羽がどんな生活をしていたのか周二は知らない。祖母が周二たちと同居して以来、瞳が美羽を連れてうちに来ることはなくなったからだ。美羽だけは祖母に会いに来ることはあったけれど、瞳と祖母の関係が悪化していたせいで、しだいに顔を見せなくなった。

美羽と顔を合わせなくなって一年が過ぎただろうか。

ある日学校から帰ると、女の子の靴が三和土《たたき》に揃えてあった。美羽だ。美羽が来ているんだ。周二は嬉しくてたまらなかったが、どこか気恥ずかしさもあり、「おっす」と言ったきり以前のようには気軽に話ができなかった。美羽にしても周二のほうを一度ちらりと見ただけで、祖母が運んできたカルピスの入ったコップを見つめていた。

「周ちゃん、これ飲んだら行きなよ。あんたが塾遅れたら、おばあちゃんがお母さんに叱られちゃうんだ」

氷がコップの縁に当たる音が、重たい空気の中に響く。周二は四年生になったこの春から、週に三回、駅前の学習塾に通っていた。

「美羽もほら、早く飲みな。飲んだら周ちゃんと一緒にバスに乗るんだよ。ほれ、バス代あげるから」

バスの時間まで二十分以上もあるのに、祖母が急かしてくる。

周二はわかっていた。祖母が早く出て行ってほしいのは、周二じゃなくて美羽だ。美羽がうちに来ていたことを母親に知られたら、また機嫌が悪くなる。だから祖母は母親が仕事から戻ってくる前に、美羽を追い出したがっているのだ。

「ありがと。おばあちゃん」

美羽は祖母の焦りがわかったのか、カルピスの入ったコップを手に取り、いっきに飲み干した。周二のカルピスに比べて明らかに濃い白色をしていたのは、美羽に対する祖母の、後ろめたさの表われだったのだろう。

美羽は「ああ美味しかったぁ」とその時だけは明るい声で言い、そして立ち上がった。

美羽が玄関に向かうと、祖母はほっとした顔で「気をつけて帰りな」とズボンのポケットに飴をねじ込んだ。わが家では不人気の、ハッカ味だ。周二なら「いらないって」とかさかさした手のひらを押し返すが、美羽は素直に礼を言っていた。礼を言うようなことなど、この家に来てからなにもしてもらってないのに、と周二は無性に苛立《いらだ》った。マンションの狭い玄関を出ていく美羽の華奢《きゃしゃ》な背中には、子供の自分でもはっきりとわかるくらいの不幸が、重石のようにのしかかっていた。

それから美羽と二人でバス停まで歩いた。同じバスに乗って、駅まで一緒に行くつもりだった。だが美羽はバスに乗らなかった。なぜならバスの運転手に「犬と一緒では乗れない」と咎められたからだ。美羽は犬を連れていた。赤い首輪をつけた、黒い毛の雑種犬。まだ祖母がうちに来る前、公園で一緒に遊んでいた時に拾った子犬だった。周二の母親はもちろんだめだったが瞳は飼うのを許してくれて、その日から犬は美羽の家族になっていた。

運転手に注意を受けた美羽は、ステップにかけていた足を下ろし、道路沿いまで後ずさった。先にバスに乗り込んでいた周二は、美羽を追ってバスを降りようとしたが、

「大丈夫」

と美羽が制した。「歩いて来たから、歩いて帰れる。塾に遅れたらおばあちゃんが叱られるんでしょ」

どうしよう。周二がもたもたしている間に、乗降口のドアが閉まった。

美羽の姿を見たのは、それが最後になった。

美羽は、周二と別れた直後に死んでしまった。

ひと気のない川沿いの土手を歩いているところを車で連れ去られ、卑《いや》しい男の手で殺されてしまった。

「花というその少女を初めて見た時、……美羽がそこに立っているのかと思ったんだ」

十歳だった美羽と十七歳の花を見間違えるなんて、どうかしている。あまりにも現実味のない話なので、これまで誰にも話すことができなかった。でも遠い記憶をなぞればなぞるほどに、自分の中で美羽と花が重なっていった。

周二が深いため息を吐き口を閉ざすと、

「二人は似てるんか」

黒田が重要なことに気づいたような顔で、続きを促す。

「いや……そんなことはないな。顔も似ていないし、声も違う。花と話もしたけど、美羽とはまるで違う人間だった」

「それでも気になるんか」

「そう……だな」

「気になるものを放っておくのは、ようないな」

と黒田がぼそりと口にした。周二に伝えるというよりも、自問自答しているような、低く聞きとりにくい声だった。

「なあ周二。気になるいうんは、自分の人生になんらかの関わりがあるということや。人間には第六感いうもんがあるやろう。その第六感に響いてくるものは大事にせなあかんのや。自分の人生に避けては通れない、運命いうもんがこの世にはあるんや」

店内に客が増えてきていた。みんな久しぶりの再会を小さく喜び、たわいもない会話を交わしている。これほどたくさんの学生がいまここにいるのに、自分が親しく言葉を交わすのは黒田だけだという事実。これもまた運命なのか。

「おまえらしくないな。第六感なんて非科学的な話。人の意思決定ですら、普段は数学で説明するくせに」

「いや、おれは寺で生まれ育ってきた人間や。言葉を話さん仏様を信心するように躾《しつ》けられ、父親が唱えるお経で飯を食わせてもらった。寺を継ぎたないという気持ちは本物やけど、目に視えない世界をおろそかにはできん」

黒田がおもむろに両目を閉じ、顎を少し上げた。呼吸以外のすべての動作をいったん止める。

「周二」

「なんだ」

「おまえはいま、渦の中にいてる」

「渦？」

「渦はどうやってできるか、わかるか」

「えっ？……さぁ」

「渦という現象は、速度の異なる二つの流れが合わさる時、流れが鋭角を曲がる瞬間に生じるんや。おれ程度の力では、始まりから終わりまでのすべてを見通すことはできひん。ただいつか、おまえの周りで起こっている物事がひとつの流れに収まっていく。そんな気がするわ」

テーブルの上に置いていたトートバッグを手に取り、黒田が唐突に席を立った。これからリサーチアシスタントのバイトに出向くのだという。背筋を伸ばしてまっすぐに前を向いて歩くその後ろ姿は経済学を学ぶ学生というより、やはり僧侶のように見えた。

テーブルの周りに空席を探す学生たちが増えてきたので立ち上がり、ノートパソコンをバッグにしまった。アルバイトの時間が迫っている。TAと呼ばれるこのバイトは、自分の指導教官が受け持つ経済学部のゼミに参加し、学部生の疑問に答えたり、教授に直接は話せないような相談に乗るといった内容だった。黒田のリサーチアシスタントのバイトほど割りがいいわけではないが、それでも日々の生活を支える大切な収入源だ。

TAのバイトを終えた後、塾講のバイトにも行っていたので、アパートに戻った時にはもう夜中の十二時を過ぎていた。塾といっても今日は多人数を教える講師ではなく、個別のほうだ。家庭教師のようなものだが、その勉強を塾生の家ではなくて塾の一室で行っている。もともと黒田がやっていたアルバイトを引き継ぎ、時給は三千円もらえた。いまは浪人生の数学を見ているが、日によっては時間を延長することもある。

万年床を座布団代わりにして腰を下ろし、夜食にと買ってきたコンビニのノリ弁を食べようとした時、携帯が鳴った。こんな時間に掛けてくるのは夏美くらいしかいない。だがディスプレイに浮かんでいるのは見知らぬ番号で、その市外局番にはなんとなく見覚えがある。まさか、花からだろうか。いや、そんなはずはないと思いながら、震える指先を携帯の画面に滑らせる。

『夜分に大変申し訳ありません。私は榮門と申しますが、実はこの電話の持ち主のあなたさまがどなたなのか、私は存じません』

だが声は花のものではなく、男のものだった。

妙な電話だったがいたずらではないことは瞬時にわかった。榮門という名前ははっきりと記憶にある。

「与那国島にお住まいの、榮門さんですか」

一呼吸置いた後そう尋ねると、電話の向こうから安堵の気配が伝わってきた。

「僕は須藤です。この電話の持ち主です」

『須藤さん？』

「はい。八月の初めに観光客として与那国島を訪れました。松川夏美という女性と二人で、です。それで榮門さんが自宅に招いてくださって」

『ああ、あのめっぽう酒の強い女の子』

自分より先に夏美のことを思い出したようで、榮門が大きな声を上げた。電話を掛けてきた理由を一瞬忘れたような声だった。

「ええ。あのめっぽう酒の強い松川夏美の連れです。あの、なにか急用でも」

こんな夜中に電話を掛けてくるなどよほどの事情があるはずだった。何事かと訝《いぶか》しく思いながら、だがきっと花のことだろうと確信していた。

7

受話器を戻す音が、真夜中の事務所に響いた。どこからか湿り気のある風が部屋の中に吹き込んできて、机の上の書類を散らす。窓の外に目をやれば、暗闇の中で枝を広げて佇む、大きなガジュマルが見えた。

「お父さん、どうだった？　電話、誰に掛かったの」

　Tシャツに木綿のズボンを穿いた笑里が、榮門の傍《かたわ》らに立ち心配そうに見上げてくる。普段ならパジャマに着替えてとっくに布団に入っている笑里も、いつでも外出できるようにと普段着のままだ。

「この電話番号は……須藤周二さんのものだった」

「須藤さんって」

「八月の初めにカップルで島に来てた観光客がいただろ。うちで夕飯を一緒に食べたの、憶えてないか。女の子のほうがえらい酒が強くて花酒をぐいぐいやってた」

「ああ、あの時の女の子だね。もちろん憶えてるよ。それでなんだって。花ちゃんのこと、なんか知ってるって？」

　榮門が力なく首を横に振ると、大きなため息をひとつ吐き、笑里はなにかを考える時の癖でせわしなく瞬《まばた》きを繰り返す。

「花ちゃんはどうしてその、須藤さんって人の電話番号を知っていたのかしら」

「そんなの決まってるだろう。向こうが花に教えたのさ」

「でも、恋人と一緒に旅行してたんでしょう。なのにそんな、自分の電話番号を旅先で会った女の子に気軽に渡すなんて」

「男なんてそんなもんさ。ああいう真面目そうな男ほど、裏でなにやってるかわからないもんさ」

軟派な男には見えなかったが、本当のところはわからない。どこからどう見ても堅物で誠実そうに見える男が、裏であこぎなことをしていた例など腐るほどある。

「でもお父さん。須藤さん、丁寧に電話の応対をしてくださったんでしょう。こんな夜中に電話したのに文句も言わないで。そんな人を悪く言うもんじゃないよ」

「悪くなんて言ってないだろ。たとえ話をしただけさ。どっちにしてもあの須藤って男の電話番号を花が知ってたってことは、本人が教えた以外には考えられないだろうが」

たったひとつの手がかりを失い、榮門は途方にくれて壁にかかるホワイトボードに目をやる。花の今日の予定には「牧場」とだけ書かれていた。

「花が帰ってこないんですけど」

里砂子が母屋の入り口でそう叫んだのは、いまから二時間ほど前のことで、榮門が風呂に入っている最中だった。

「花ちゃんが帰ってこないって、どういうこと？　仕事が長引いてるのかな」

緊迫した笑里と里砂子の話し声は、浴室の壁伝いに聞こえてきた。里砂子は、今日花は牧場の手伝いに行っていて、でも仕事は昼前に終わっているはずだと訴えていた。里砂子から話を聞いた笑里が「仕事終わりに、水川さんとどこかに遊びに行ってるかもしれないよ」ととりなすと、水川にはすでに電話を掛けて確認したのだと返す。水川が言うには、「今日は那覇で人に会う約束があるから早く帰らせてほしい」と、朝の十時前に仕事を切り上げているという。花が予定外の早退を願い出るなんてことは初めてだったので気になったが、榮門には伝えてあると言っていたので安心していた、と水川は話したそうだ。

「相手が須藤さんじゃないとしたら、あの子、誰と約束してたのかな、どうして那覇に？」

笑里の声に促されるように、榮門は壁に掛かる時計を見上げた。十二時三十五分。普段ならそう気にもならない秒針の音がいまはやけに耳ざわりだ。

「お父さん、もう一度祖納の駐在所に電話してみようか。もしかしたら、なにか情報が入ってるかもしれないし」

「情報があったら、向こうから電話がくるさ」

「じゃああれは？　石垣経由で島に戻ってくる飛行機、花ちゃんが乗ってなかったか、確認してみたら」

「今日の便には乗ってなかった。そんなの一番に調べてもらったさ」

「もしかしてあの子、那覇でなにかあったんじゃ……。それよりほんとに那覇に行ったのかな。なにか思い詰めることがあって、島のどこかで……」

「ふらー。おかしなこと言うなって。そんなこと、あるわけないだろ」

家にいたってしょうがない、外探してくる。そう言い残して、榮門は事務所を飛び出した。ティンダバナ、ナンタ浜、東崎の展望台……。もうすでに探した場所だったが、もう一度花の行きそうな場所を見て回るつもりだった。花の自転車は駐車場に置いてあったので、出掛けたとしても歩いてということになる。一周二十七・四九キロメートルの小さな島でも、徒歩で行ける場所は限られている。まさか遠くまで行き過ぎて、帰って来られなくなったのか。夜道をハイビームで照らしながら、榮門はトラックをゆっくりと走らせた。窓を全開にして辺りに目を凝らすが、生い茂る樹木が風に揺れているだけだ。時折気配を感じてブレーキを踏めば、猫がのんびりとした足取りで石垣を歩いていた。

花はどこに行ったんだ。

花が須藤と連絡を取ろうとしていたことを知ったのは、里砂子から「これ、花が持ってたんだけど」と紙の切れ端のようなメモを見せられたからだった。

三日前、花が突然里砂子の部屋に顔を出し、「電話を使わせてほしい」と頼んできたのだという。誰かに電話を掛けるなんて珍しいなと思いながら、里砂子は自分の携帯を貸してやった。花は里砂子の目の前で、しばらく携帯を睨《にら》みつけていたという。使い方がわからないのかと思った里砂子が「掛けてあげようか」と手を差し出したのだが、しばらく逡巡した末に、花は結局「やっぱりいい」と携帯を返してきたのだという。その時花が掛けようとしていた相手が、このメモの番号だったのだと里砂子は言った。

花はどうして一度会ったきりの須藤に、連絡を取ろうとしたのだろう。

榮門の知る限り、花は人と話すのがそう得意ではない。自分から人と仲良くなろうとする姿は、これまで一度も目にしたことがない。あの容姿なのでこれまでも少なくない観光客が花に声を掛けてきたはずだが、あの子は誰にも心を許そうとはしなかった。そんな花が須藤に電話を……。

「やー。お父さん、悦子さんに連絡取ってみてよ」

結局花を見つけられずに事務所に帰ると、笑里が涙声で駆け寄ってきた。

「悦子にか。んだけこんな時間に電話掛けちゃ迷惑さ」

「でも花ちゃん、事故に遭ったのかもしれないよ。外国船に拉致《らち》されたとか？　あれだけかいいか娘《こ》だもん、テレビの反響もすごかったって聞いてるよ。ストーカーとかそういうのに目をつけられて……」

「ふらーなこと言うなって何度言えばわかるんだっ。そもそもおまえがテレビに出演させるなんてこと言い出さなければ……いや悪い、おれも承諾したんだったな」

怒鳴りかけて口をつぐんだ。ただでさえ責任を感じて萎《しお》れているのだ。そんな笑里を怒ったところで事態が好転するわけもない。頼みは警察の情報網だが、祖納集落と久部良集落の二か所に設置されている駐在所からは、まだなんの連絡も入っていない。

榮門が声を荒らげたせいか、笑里が両肩を下げて事務所を出ていこうとする。とりなすように、「悦子に、電話してみるさ」と背中に向かって声を掛けると、笑里が前を向いたまま頷いた。もう笑里の言う通り、悦子に視てもらうしかないか。

そう決めた瞬間、窓の外で揺らめく黒い影が目に映った。「花、そこにいるのかっ」と榮門は窓を思いきり開け放ち、大声で叫んだ。騒ぎが大きくなり寮に戻りづらくなった花が、庭に潜んでいるのかと思ったのだ。だが揺れていたのは庭に自生しているクバの葉で、手のひらのような平たい葉をぬるい風に躍《おど》らせている。

大きな息を吐き出しながら窓を閉めていると、

「お父さん、悦子さんから電話だよ」

血相を変えた笑里が事務所に飛び込んできた。笑里から携帯を受け取ると、掠《かす》れた声が、

『武っさん、私に用があるんでしょう』

と聞いてくる。半袖から剝き出しになった両腕の肌が、鳥の羽で嬲《なぶ》られたように粟立《あわだ》つ。

「悦子、なんでおまえ」

『武っさんが困っているのがわかったから』

明日の朝が早いので、十時に寝床に入ったのだと悦子がいう。だが寝酒の泡盛を台所の流しの下から取り出している最中に胸騒ぎがして、今夜は飲まないでおこうと元に戻した。なにか起こるかもしれない。自分の手助けを必要とするなにか。それが武っさんだとは思わなかったが、いま夢に現れた。困り果てた顔をした武っさんが、「悦子起きてくれ」と助けを乞うてきた。だからこっちから連絡してみたのだと、悦子が笑って言ってくる。

榮門は悦子の言葉に驚きながらも、花が「那覇で人に会うから」と出て行ったきり、まだ帰ってこないのだと打ち明ける。

『その、花ちゃんが電話を掛けようとした相手はどんな人？』

「今年の八月に来た観光客さ。見た目は普通の、真面目そうな男だ。たしか京都の大学に通う大学院生だと言ってた。そういえば宿はすうやふがらさだったな。須藤っていう名前なんだが憶えてるか」

『須藤さん？　ああ、かいいか恋人と一緒に来てた人だね』

「そうだ。二人で泊まってたはずだ」

『あの男の人なら、初めて会った時から気になってたよ』

「気になってた？」

『あの人は島に呼ばれてきたんだよ。顔を見た瞬間にそう感じたよ。そう、花ちゃんとあの人が島で出逢ってたの。うん？　……武っさん、どうしたの黙り込んで』

「いや、おれもあの男にはなんか思うところがあってな。でもそれがなんだったか……。思い出せなくて。悪い」

『いいよぉ。また思い出したら言って。ああ、ちょっとだけこのまま待ってくれる？　いまこの場で視てみるから』

悦子はそう言って、それからふっつりと言葉を飲みこんだ。電話の向こうから悦子の気配が遠のく。普段は幼馴染のよしみで軽口を叩いているが、こういう時だけ悦子に頼ることを申し訳なく思う。悦子は中学を出た十五の時から、結婚して島に戻ってくるまでのおよそ三十年間、ユタとして生きていたのだ。県内では名の通ったユタだったのだが、夫と出逢ってからは、民宿の女将として生きることを選んだという。

悦子の掠れ声が再び聞こえてきたのは、しばらくの間を置いてからのことだった。

『武っさん、明日一日待って、それでも花ちゃんが戻って来なかったら、あの男の子に会いに行くといいよ』

「あの男の子ってのは、須藤さんのことか」

『そう。それで須藤さんに会ったら、花ちゃんを一緒に探してほしいと頼んでみるといいよ。あとはあの男の子が動いてくれる。武っさんはそれに従えばいいよ』

「動いてくれるっていっても、相手は一度会っただけの観光客だぞ」

『そうよ』

悦子が言葉を切った。予期せぬ沈黙にどう答えていいかわからず、榮門は窓を開けて事務所に風を入れる。クバの葉が数分前より烈しく、まるで台風の前兆のように揺れていた。

『止まってた時間が、動き始めたんだよ』

長い長い沈黙の後、やがて悦子はそんな言葉を残し電話を切った。榮門は携帯を握りしめたまま、窓の外で揺れる葉に目を向け呆然《ぼうぜん》と立ち尽くしていた。

「悦子さん、なんて。花ちゃん、どこにいるかわかった?」

電話が終わるのを待っていたのか、笑里が事務所に顔を出す。

「いくら悦子でも、そこまではわからないさ」

「花ちゃんの安否についてはなにか言ってた? 無事だって?」

笑里の黒目が不安げに揺れている。口には出さないが、笑里は花が海に落ちたのではないかと心配しているのだ。全国的なニュースにこそならないが、少なくない島民がこれまでも海で命を落としてきた。自然がありのままに残る島。そういう言い方をすれば聞こえはいいが、島は危険な荒地だらけだ。都会なら直ちに「立ち入り禁止」の看板が立つだろう崖に、子供でも容易に入り込むことができる。東崎方面にも海に下りる急勾配の道路沿いのガードレールが、ひしゃげて潰れたまま修理もされずに放置されている。

「とにかく明日一日待って、それでも戻ってこなかったら、須藤さんに会いに行けと言われたさ」

「それは、須藤さんがなにか知ってるってこと?」

「いや、そうは言ってない。ただ悦子にそうしろと告げられたなら行くしかないだろう」

「須藤さんに会ってどうするの」

「それもわからない。とにかく会って、ここへ来た時に、花となにを話したのか教えてもらうさ」

「それだけ?」

「ああ。それより笑里、おまえもう寝ろよ。里砂子にも休むよう言っとけ。明日が辛いぞ」

「こんな時に眠れるわけないよ」

これ、花ちゃんの部屋にあったの、と口にしながら笑里が事務机の上に一冊の本を置いた。島の伝説について書かれた古いものだった。

「なんだこの本は。島の伝説集か？」

「花ちゃんがいつも読んでたって、里砂子ちゃんが言うもんだからさ。あの子の心がわかるかと思って」

古びた本を手に取って開いてみれば、繰り返し読んで型がついたのか一か所だけやけに手に馴染む頁があった。その頁はティンダバナに残る悲しい伝説の最後、女が自死する場面だった。

8

正門のすぐ前に植えられたこんもりとしたクスノキを見上げながら、榮門は生まれて初めて大学の構内に足を踏み入れた昂揚感に浸っていた。榮門自身は高校を中退してすぐに働いていたので、大学など自分には無関係な場所だと思っていたし、長男が通っていた大学を訪れたこともない。だが実際にこうして構内を歩いてみると、これほどの設備が整った場所で勉強ができる学生はさぞ幸せだろうと思う。学部棟が建ち並ぶキャンパス。島のホテルより大きいかもしれない附属図書館。そして煉瓦色の外壁を持つ、威厳溢れる時計台。須藤の通う大学の景色は、榮門にとって想像していた以上に新鮮だった。

正門にいた守衛に教わった通り、時計台に向かって榮門は歩く。須藤との約束は、時計台記念館にあるタリーズコーヒーで午後六時頃とのことだった。秋の夕焼けに染まっていた空はいつしかすっかり暗くなり、窓の灯りが目立って見える。

「榮門さん」

須藤らしき男がいないかと、店内を注意深く見渡していると、正面から声を掛けてくる男がいた。白いシャツにスラックスを穿いた男が片手を挙げている。さっきからそこにいたのだろうが、島にいた時のTシャツ姿とは印象がまるで違い、まったく気づかなかった。

「須藤さんですか」

思わず確認してしまう。八月の時には無造作に伸びていた髪も短く整えられている。島ではえらく線の細いひ弱そうな男だという印象ばかりがあったが、こうして見ると理知的な雰囲気が漂っている。

「はい、須藤です。二か月ぶりなのでわからなかったでしょう。こちらは僕の友人で、黒田といいます。今回のことを話すと協力したいと言ってくれたので、手を貸してもらおうかと思いまして」

友人を連れてくるとは聞いていなかったが、なぜかひと目見て信用のおける人間だと確信した。

「わざわざありがとうございます。よろしくお願いします」

「部外者がおじゃましてすみません。黒田です」

黒田が視線を合わせながら丁寧にお辞儀をしてくる。

「どこか静かな喫茶店に場所を移しましょうか」

カフェが混んできたので外の喫茶店にしようと須藤が言ってきた。五分ほど歩いたところに、いい店があるという。

「今日、島を出られたのですか」

「ええ。昼前の飛行機で。いや、ここまで来るのに半日かかりました」

「お疲れでしょう」

「まあ、こんな長旅はめったにしませんからね。普段は那覇に出るくらいで」

「京都も人が多くて驚かれたでしょう、ここ数年で観光客がすごく増えました」

初めて訪れる京都は、洗練された都会でありながら、ずっと遠くの山まで見渡せるといった不思議な町だった。盆地を囲む山の勾配は緩やかで、緑には秋らしい濃淡がある。道行く人々もどこかのんびりしていて、榮門は、島とはまた違う長閑さを感じる。

「榮門さん、ここでいいですか」

須藤に連れて来られたのは落ち着いた佇まいの喫茶店だった。煉瓦造りの外壁が昭和の面影を残し、歴史のある図書館のような店構えだ。

「もちろん構いません」

「じゃあ入りましょうか」

促されるまま、榮門は店内の一番奥にあるテラス席に座った。客はそこそこ入っているのだが、本や新聞を読んで過ごしているせいか、店内はしんと静まっている。

「今日はわざわざお時間をとっていただいて、本当にありがとうございます。助かりました」

「いえ。榮門さんこそ、遠方からお疲れさまです」

須藤が肩に掛けていた鞄からノートと筆記用具を取り出し、テーブルの隅に置いた。なんだろうと思ったが、榮門の話を書き留めておくつもりなのだとすぐに気づく。

「さっそくですが、うちの花が、須藤さんの電話番号を知っていた経緯をお聞かせ願えますか」

榮門はずっと気になっていたことを、まず初めに聞いた。須藤が気を悪くするかもしれないとも思ったが、そうなったらそうなったでしかたがない。

「僕が、花さんに教えました。いつでも掛けてきてくれと言って」

須藤が言いよどむのを、黒田が表情なく見つめている。

「なにか理由でも？」

「花さんのことが……気になったからです」

「それはどういう」

「花さんが、僕の従妹に重なって見えたんです……。それで、なんだろう……。またどこかで……逢えたらいいなと思ったんです」

その従妹はもう十七年も前に亡くなっているのだ、と須藤は言った。初めて見た時は、そんなことあるはずもないのに、従妹が生き返ったのかと心が震えたのだと話す。

「須藤にはやましい気持ちはなかったはずです。それだけは信じてやってください。榮門さんにしても、もうこの世にはおらへん大切な人が目の前に現れたら、同じ気持ちになったと思います」

黒田に如来《にょらい》のような顔で言われると、榮門も頷くほかない。

「私も亡くなった母を思い出させる女性を見かけたら、きっと気になってしかたがないと思いますからね。いきなり不躾《ぶしつけ》なことを言ってしまい、失礼しました」

「こちらこそ誤解を招くようなことをして、申し訳ありません」

黙り込んだ須藤の代わりに、黒田が頭を下げてくる。榮門はもう一度ゆっくりと頷き、運ばれてきたコーヒーに手を伸ばす。

「あの、花の失踪の話の前に、少しだけあの子自身のことをお伝えしてもいいでしょうか」

榮門は二人の顔を交互に見つめた。黒田が先を促すように瞬きを返してくる。

「あの子が東京の実家を離れ、私の所へ来るまでの話です。とても個人的なことなので、須藤さんや黒田さんにはご興味のないことかもしれませんが」

榮門は花が永井に保護され、この島に来るまでのいきさつを二人に知ってほしいと思っていた。

「つまり、花さんが中学校に行けんようになったんは他の誰でもない、父親と義理の母親のせいというわけですか。未熟な大人に育てられる子供はほんまに可哀そうや」

黒田が誰に言うでもなく、怒りを口にする。

中学に入って不登校がちになった花を、両親は助けるでもなく放置していた。義理の母は花のことを疎んじていたので、中学を卒業したら就職して、一人住まいをするよう言っていたらしい。

「でも花さん、高校には進学したんですよね」

民宿で懸命に働く花の姿を思い出しながら、須藤は聞いた。不遇な日々を送っていたとは思えないくらい、素直に一生懸命働く姿だ。

「父親が行かせたそうです。花の学力でもいける私立高校を探して入学させたと聞いています」

「でも入学してすぐに退学したんですか。花さんがやめたがったんですか」

「そのあたりのことを、花ははっきり言わんのですよ。これは花と同じ寮で暮らす他の従業員から聞いた話ですが、制服が隠されるんだとかで」

「制服が隠される？　どういうことですか、それは」

これは里砂子が花から聞いた話だった。花が言うには、高校の制服が朝になったらなくなっているのだそうだ。昨日部屋のドアに掛けておいたはずのハンガーごと、消えてしまっている。義母に聞いても「知らないわよ」と返されるだけで、探しているうちに始業時間が過ぎてしまうのだ、と。だが制服は夜になると箪笥の奥や押入れで見つかり、結局は花がだらしないせいだと説教されて事が終わる。

「そんなふうにして、入学したばかりの高校を何度か休んだようです。そしたら父親が、行ったり行かなかったりするのなら金がもったいないからやめてしまえと腹を立てて、花も退学に同意したそうです」

こうしたいきさつは永井も知らなかったことで、花が里砂子にだけこっそり打ち明けていたらしい。制服に限らず通学用のリュックやローファー、教科書、体操服……そうしたものが忽然と消えてしまうのだ、と。

「ひょっとすると花が中学を休みがちだったのも、そういう、本人も気づかないような義理の母親のいやがらせがあったのかもしれません」

「ひどい話や。シンデレラや白雪姫の世界やないか」

「家庭内でそうした虐《いじ》めのようなことがあると、子供は逃れられませんからね」

話しているうちに、榮門の胸に熱いものがこみ上げてくる。どうしてその時、自分はそばにいてやれなかったのだろう。もし自分が花の近くにいたら、どんなことをしてでも守ってやった。父親や義母から引き離して、学校に通わせてやった。父親は高校をやめさせた理由を精神疾患だと永井に伝えたらしいが、花が精神を病んでいるとはとても思えない。素直で優しくて可愛らしいごく普通の十七歳だ。

自分には探さなくてはいけないものがある——。

花がそう言うのなら本当にそうなのだろう。見つけてやればいいだけじゃないか。あの子の心は病んでなどいやしない。

いつしか握った拳《こぶし》に力が入り、須藤と黒田を見つめる自分の眼差しが強くなっていた。

「それで花さんは高校をやめて、家を出たんですか。生活はどうしてたんやろ」

「ネットカフェ難民というんですか。家を出てすぐの頃はそういうのをしていたようです」

「ネットカフェいうても、滞在費はけっこうかかるんと違いますか。部屋代、食費、シャワーや洗濯代なんか合わせたら月十万は軽く超えるって前になにかで読んだことあります」

「なにかしらのアルバイトはしていたと聞いています。永井先生に会った時は、スナックを営む中年女性のアパートに住まわせてもらって店の手伝いをしていたようです」

「その永井先生に補導されなければ、いまも花さんはそうした暮らしを続けてたってことですか。……信じられへんな」

「黒田さん、永井先生は花を補導したわけではないですよ。保護したんです。あの子は悪いことなんてなにひとつしてませんから」

永井がやっとの思いで花を自由の身にしたのだ。陰湿な義母と無責任な父親から、花を引き離した。

「あの子が、自分の容姿を切り売りする感覚を覚える前に保護できたのが救いです。私も永井先生もそれだけはよかったと思っています。島で、あの子に働くことの意味を教えてやってほしい。地に足をつけた大人になれるよう、育ててやってほしい。私は永井先生からそう頼まれているんです」

永井が、花を自分に託した時の言葉を思い出す。容姿に恵まれた少女は、安易に金が得られる代わりに、地道に努力する機会を失ってしまう。地に足をつけ、根を張ることをしないまま大人になる。だが人間は、若さを失ってからの人生のほうが長い。若さを失った時、地に根を張っていない人間の枯れていく速度は恐ろしいほどだ。永井はそう言って、十五歳の花を自分に預けてきたのだ。それなのにこんなふうに花を見失ってしまうなんてと、榮門は二人に気づかれないよう奥歯を強く嚙み締めた。

「榮門さん、コーヒーのおかわりいかがですか」

須藤が空になったコーヒーカップを指さし聞いてくる。「あ、いただきます」。話し込んでいるうちに喉がからからに渇いていた。

「榮門さんは、どうしてこのような活動をしておられるんですか」

ウエイトレスにコーヒーのおかわりを告げた後、須藤が聞いてきた。

「このような活動と言いますと」

「花さんのような子供を引き受けて、得られるものがあるんですか」

須藤の眼差しに、榮門の真意をはかるようなものを感じる。榮門自身がどういう人間なのか。須藤はそれを知りたがっているのだろう。

「得られるものというのは、特に考えたことはありませんよ。しいていえば、子供たちが変わっていくのをそばで眺めているのが楽しいんです」

榮門はそう口にしながら、これまでうちに来た子供たちのことを思い出していた。人の目を見て話せない子。悪態しか口にできない子。人目があると食事をとらない子。死ぬことばかり考えている子。本当にいろいろな子供と出逢ってきたが、彼らと向き合っているうちに、榮門にはわかったことがある。この子供らは一緒に泣いてほしいのだ。一緒に苦しんでほしいのだ。こっちが手を差し出すと拒絶するくせに、いつでもそばにいてほしい、声をかけ続けてほしいと切実に願っているのだ、と。

「私は自分のことを、恐れを知らない人間だと自負しております。島外の学校に通っていた高校三年の時に親父が倒れ、内地の病院に搬送する船の中で息を引き取りました。心筋梗塞でした。それから私は高校を中退して製糖工場を継ぎました。そんな若造が会社の長に立つのですから、もちろん苦労も当然ありましたよ。でもそれは世間が思うような悲劇ではありませんでした。学校を中退して親父の会社に入ったことも、時期が少し早まっただけのことだと自分自身には言い聞かせました」

十八歳になる年に社長業を引き継ぐことになったが、生まれ育った与那国島での商売にさほどの不安はなかった。実際、親父から引き継いだ工場をさらに大きくした。もちろん時代の波もあったと思う。親父は高度経済成長の最中で会社を立ち上げ、自分が三十代の頃にはバブルが到来した。時代の流れと、怖いもの知らずで突っ走る自分の性格が両輪となり、波に乗っていけたのだ。

「私は子供の頃から弱い人間が嫌いでしたよ。ふにゃふにゃめそめそしている人間を見ると、心底苛立ちました。ひ弱な部下をしごく鬼軍曹の心境です。だから、自分自身も強くあらねばと精一杯の虚勢を張って生きてきたつもりです」

中学一年生の時、片足にブロックを括《くく》りつけて海に飛び込んだ時のことを、榮門は話した。自分の強さを他の子供たちに誇示するためにしたことだった。ブロックを足に括りつけたまま崖から海に飛び込み、そして浮かび上がってくる。遊びの中で自分の強さを見せつけた。榮門武司という男がどんな性格の子供だったのかを語る時、この愚かなエピソードほど的確なものはない。

「いまこうして生きてますから、私はその愚行で命を落とすことはありませんでした。なんとも知恵の浅いやり方ですが、でも当時はそれなりに効力があってね。その日から私は島の子供たちの頂点に立ちましたよ」

年齢を重ねるごとに、自分は際限なくふてぶてしい男になっていった。だから大人になってからも、弱音を吐くような人間にはとことん厳しかった。榮門武司は手のつけられない自信家だ。周りの者はみなそう思っていたに違いない。まさに井の中の蛙《かわず》。日本列島の最西端にある米粒ほどの島の中で、自分は誰よりも強いのだといきがって生きてきた。

「そんな自分があることを境に変わりました。それは自分でも驚くくらい極端な変化でありました」

「なんか突如悟りを求めて出家した、釈迦《しゃか》の話みたいですねえ。なにがあったんか興味あるなあ」

黒田が笑いながら身を乗り出してくる。

「それは、子供を持ったことですよ。私には四人の息子がおりますが、長男が誕生した日、私の中に弱さが生まれたんです。子供を持つ喜びと怖さ。子供を持つということは、育て上げるまでこの恐怖と縁が切れないということなんだと実感しました」

子供が自立するまでの二十数年間、親は他人に何度も頭を下げ続ける。保育園や幼稚園の先生に。学校の教師に。仲良くしてくれる友達に。友達の親御さんに。島に巡回に来てくれる医者やフェリーの従業員に。スーパーで子供にお菓子やジュースを売ってくれる店員に。誰にも彼にも。子供は親の力だけでは育てていけない。だから繰り返し、数えきれないくらい親は他人に頭を下げなくてはいけない。

「花にしても、他の若者にしても、家で預かるということはその人生に関わるということですよ。怖いことです。でもその怖さが私のような人間には、必要なんでしょう。実はね、息子たちが巣立ってほっとしてるところに永井先生と出逢ったんですよ。これはもう運命みたいなもんかと思ってね。活動なんてそんな大それたもんじゃないですよ。つまらないガキ大将に戻らないよう、いわば戒《いまし》めのようなもんです。子供は、私に足りないものを教えてくれます」

もう二度とブロックを足に括りつけて海に飛び込んだりしないよう、謙虚に慎重に生きるためだと榮門は笑った。

「そうは言わはっても問題のある若者ばかりを預かるのでは、大変やないですか」

「いや。実際はそうでもないですよ。接してみれば極端に人見知りだったり、自分に自信が持てなかったりするだけで、本来は優しい子というのが多い。彼らの生き場所を作ることができれば、みんなきちんと暮らすんです。花なんて口数が少ないだけで、ほんと素直でいい子ですから、島の誰からも可愛がられてますよ」

生まれた場所が生きやすい場所だとは限らない。だから自分が一番生きやすい場所を見つければいいのだと榮門は思う。

「それにしても花さんは、なんで親の言いなりになってたんやろう。十五にもなったら普通は反抗してもええ年齢やろうに」

　黒田が腑に落ちないというふうに、首を傾げた。

「みんながみんな、おまえのように自分の意思を貫き通せるような人間じゃないよ。親の言いなりになるしかない人生もある。榮門さん、黒田は寺の跡継ぎ息子なんですよ。本当は経済を学ぶより、比叡山《ひえいざん》の延暦寺《えんりやくじ》で修行に励まないといけない身なんです」

「周二、延暦寺とうちの寺では宗派が違うで」

　寺の息子と言われ、榮門はなるほどと納得する。

「話が戻って申し訳ないのですが、永井先生は花さんの父親に意見はしなかったんですか。花さんを高校に戻すべきだとは言わなかったんですか」

　ボールペンを持つ須藤の手が、余白の上で止まっていた。

「永井先生が花に初めて会ったのは、高校を退学した後でした。でもその前に花を保護していたとしても、高校に通い続けることは無理だったでしょう。父親の関心はもう、花にはなかったんです。世間体もあって高校には行かせたが、本人に通う気がないのならもういいと簡単に匙《さじ》を投げたんです。いまの日本では中学を卒業すると当たり前のように高校へ進学しますが、それでも全体の二パーセントの子供は高校に行かないそうです。高校中退の子を合わせれば四パーセントほどの子供が、中卒の学歴で社会に身を置いている。これは永井先生から聞いた話ですが」

須藤や黒田のように名門大学に通うような学生には、実感のない話だろう。自分にしても永井先生と知り合うまでは関心がなかった。榮門自身も学歴は中卒なのだが。

「わかります」

須藤が神妙な面持ちで頷く。

「須藤さんに、わかりますか」

意外な返答に、榮門はテーブル越しに須藤を見つめる。

「親に抗《あらが》えない子供がいることはわかります。どれほど意に添わないことを言われても、親の言いなりになるしかない。僕もそうでした」

染みひとつない白シャツに、折り目のついたスラックス。整えられた髪と聡明な眼差し。須藤がまっとうな人間であることはその佇まいを見ればすぐにわかる。そんな男がありきたりではない同情を示したことに、榮門はむしろ戸惑った。助けを求めて京都まで来たにもかかわらず、心のどこかで無駄骨に終わることを覚悟していたのだ。だが須藤は、花の捜索に協力してくれるという。

「花さんはこれまでにも家出というか、そういうことをした経験があるんですか」

「さっきお話しした、スナックを営む中年女性の家で暮らしていたのは、家に居場所がなかったからです。自ら家を出たがったわけではありません」

「いえそうじゃなくて、今回のようにふらりと家を出るようなことは、過去にもあったんでしょうか」

須藤の問いかけに、榮門は鞄の中から書類を取り出した。書類には花についての個人的な情報が記載されている。永井が両親や中学時代の教師などから聞き取り、花をうちで預かる時に榮門に渡してきたものだった。

「ここに書いてある限りでは、そうしたことはないようです。小学二年時の五月に、遠足先で行方不明になった時くらいでしょうか。遠足は学校近くの公園だったそうですが、その公園の裏手の山に迷い込んだらしいんです。この時は明け方まで戻らず、警察も介入して大事になったようですが」

「山……」

須藤の視線が揺らぎ、細い首筋に力が込もる。

「なにか心当たりでも」

「いいえ、それは大変な事件だなと思って」

「そうですね。ニュースにも取り上げられたようですよ。なにせ八歳の女の子が学校の遠足中に行方知れずになってしまったんですからね」

それから榮門は、花が失踪した数日前のことを手短に話した。連絡もなしに寮に戻らないなどこれまでの素行からは考えられない。もし花から電話があったらすぐに教えてほしいと伝えた。言いながら椅子から立ち上がり、深く腰を折る。

「もしよかったらこの書類をお持ちください。個人情報なので他には漏らさないように注意していただいて」

榮門は、花に関する情報が書かれた書類を須藤に差し出した。忙しい大学院生をこれ以上引き止めてはいけない。ここまでつき合ってもらった礼を言って立ち去ろうとしたその時、

「ここは……」

それまで冷静だった須藤の声色が変わった。

「どうしたんや」

異変に気づいた黒田が、書類を覗き込んでいる。

「なにかお気づきのことでも？」

「あ、すみません。僕の実家は東京の豊田《とよだ》というところにあるんですが、花さんの家の住所も同じ方面で」

「ああ、そうでしたか。私は東京のことはさっぱりで」

落胆を押し隠し、榮門は頷く。いまの須藤の反応から、なにか大きな発見があったのかと勘違いしてしまった。

「あの、榮門さん。もう少し質問してもいいですか」

「もちろんかまいません」

榮門は指に挟んでいた伝票をテーブルの上に戻し、座り直す。

「花さんの探しものなんですが……」

再会した時は柄にもなく緊張していたが、こうしてしばらく話をしているうちに、都会で暮らす親戚の青年に会いに来たかのような心地になっていた。弱みをさらけ出し、なにか手助けしてもらえるならば。そんな気持ちになっていることが自分でも不思議だった。

「そのことなら……私たちも、途方にくれてるんですよ」

「花さん自身、なにを探しているのかわからないとか？」

「奇妙な話です」

ご迷惑をおかけして、と榮門が頭を下げようとするのを遮って、

「僕は花さんの探しものを手伝いたいと、彼女に申し出ました。僕なら探せると思ったからです」

須藤が思いもよらない言葉を口にした。榮門はその顔を凝視する。いったいなにを言い

出すのだろうと、瞬時に、周りの音が遠くなっていく。遠慮も愛想笑いも忘れて須藤の本心を見透かすつもりでその顔を見つめた。

「失礼ですが、須藤さんはどうやって花の探しものを見つけるんですか」

——あとはあの男の子が動いてくれる。武っさんはそれに従えばいいよ。

悦子の言葉が頭をよぎる。この若者と花の間になにがあるというのか。

「その方法は、まだ思いつきません」

奇妙なことを言っていると本人も気づいたのか、須藤はいったん口を閉ざした。そして数秒後、須藤はひどく悲しげな目をして、

「でも、見つけられると思ったんです」

と再び言葉を継いだ。

9

急な坂道の下に立ち、坂の上を見上げる。坂道を上りきったところにある古くて小さなマンションが、周二の実家だ。一階はガレージになっていて、二階部分から住居になっている。建物自体は四階建てで、全部で六戸の世帯が入っていた。

周二の家は、二階の1号室だった。久しぶりに見るマンションの白壁は煤《すす》けていて、記憶の何倍も古ぼけていた。赤茶色の錆が浮いた鉄の扉の前で、一度大きく深呼吸をする。実家へは一年以上帰っていない。昨年の夏に父や母の盆休みに合わせて帰省して以来だ。あの頃はまだ祖母もこの家にいて、昔と同様に身を縮めるようにして両親と同居していたのだが。

玄関ドアの横にある呼び鈴を鳴らすと、中から母の声が聞こえてきた。

「周二だけど」

鉄の扉が軋《きし》んだ音を立てて開き、中から人の顔が覗いた時、周二は一瞬家を間違えたのかと体を引いた。あるいは自分の知らない間に実家が引っ越し、新しい住人が住んでいるのか、と。

「どうしたの、その髪」

明るい栗色に染まった頭を指さす。

「ああこれ？　思いきってカラーリングしたの。ほらお母さん、いつも自分で真っ黒に染めてたでしょ。なんか烏の羽根みたいな色で、ほんとは気に入ってなかったから。それよりなによ、もっと早く来るかと思って朝から待ってたのに、遅かったじゃない」

周二を見て微笑むと、母は「早く中に入りなさい」と手招きをしてくる。ぼやけていた焦点が徐々に合っていくように、茶髪の女が見覚えのある母の面影に重なっていく。

「お母さん、なにかあったの」

「別になにもないわ。ただねえ、ここ最近、周りにいる人たちがいっきに老け込んじゃってさ。保育園で働いてるあたしと同年代の人なんか、だいたい孫がいてね、携帯の待ち受けなんかみんな孫の写真よ。それがたいていブサイクなの、全然可愛くないの、婆バカなのよね、そういうの嬉しげに人に見せてくるんだから、こっちまで婆さんじみてくるわ」

息子が帰省したというのに自分の話ばかりする母を前にして、懐かしさと面倒くささが同時に湧いてくる。

「これ、土産。お母さんの好物」

「なになに、生八ツ橋？　あら、期間限定の柚子《ゆず》味なんてあるのね。でもあたしは定番のニッキや抹茶《まっちゃ》のほうがよかったけどねえ」

生八ツ橋の箱をひっくり返し、母が賞味期限を確認する。前に会った時は黒々していた髪がいきなり茶髪になっていたことには度肝を抜かれたが、それでも母はなにひとつ変わってはいなかった。一時は両親と祖母、兄の浩一と周二の五人暮らしをしていた室内も、これまで通り部屋の隅々まで整理整頓されている。台所用品は百円均一のグッズで揃えられ、家具はすべて量販店の安物だが、この家は母の自慢の城だった。

「いつまでそんなとこに突っ立ってんの」

三和土のサンダルを隅に寄せ、母が言ってくる。周二はスニーカーを脱ぎ、「ただいま」と部屋に上がる。上がるといっても玄関のすぐ前が八畳のダイニングキッチンで、あとは四畳半の和室が三つあるだけの狭い住宅だ。

「それよりどうしたの、突然帰ってくるなんて。なんか用でもあったの」

「うん、お母さんにちょっと聞きたいことがあって」

「聞きたいこと？　なに、改まって」

「美羽のことなんだけど……」

「なによ、いきなり」

美羽の名を周二が口にしたとたん、母の顔から色が失せる。

「美羽には僕たちの他に親戚はいなかったのかな」

実は周二の頭に、ひとつの憶測が浮かんでいた。花と美羽に血の繋がりはなかったか、というものだった。二人を重ねてしまう背景に、そうした揺るぎない連鎖があるのではと考えていた。

「いないでしょ。お父さんは二人兄妹だから」

「間違いないかな」

「お母さんはそうとしか聞いてないけど。あんたのおじいちゃんかおばあちゃんに隠し子がいるっていうなら話は別だけど」

「じゃあ瞳さんが二人目の子供を出産してたってことは？　美羽より十歳年下の」

「なに言ってるの。あの人も美羽ちゃんが亡くなった日に殺されてるのよ。美羽ちゃんより十歳年下ってことは、殺された年に出産してたってことになるでしょうが」

「ああ……そうか」

そんな単純な計算すらしていなかったことに驚く。自分がどれだけ混乱しているかを、改めて気づかされた。

「そんな昔話、もうやめにしてよ。それより周二、就職のことちゃんと考えてるの？」

「まあいちおうは」

「どこの会社？」

「企業に就職するかどうかは、わからないよ」

「わからないってことはないでしょう。まさかあんた、働く気がないとかいうんじゃないでしょうね」

「そんなわけないだろう。大学に講師として残るかもってことだよ」

母が立ち上がり、冷蔵庫から麦茶の入ったピッチャーを取り出した。唇を固く結んで口端を上げたその表情は、母の機嫌が悪くなった証拠だ。これ以上美羽の話はできない。

「あんたの周りの子はどんなところに就職するの？」

「一番仲のいいやつは、アメリカの大学院に進むって言ってたけど」

「アメリカ？　はあぁ、言うことが違うわねぇ。お金持ちなの、その子」

「寺の息子だよ」

「京都のお寺？」

「そうだよ。地元のやつだから」

「京都のお寺なら、きっと裕福よねぇ。檀家さんの数だって多いでしょうし」

母が聞きたがったので、周二は黒田の家の話をした。黒田の実家はいわゆるガイドブックに載るような観光客向けの寺ではないが、癌封じと悪霊祓《ばら》いでは全国的に知られている。宗派は真言宗で、寺で行われていた護摩祈禱《ごまきとう》を周二も一度目にしたことがあったが、目を見張るほどの迫力だった。護摩の炎に浮かびあがった不動明王《ふどうみようおう》を前に、しばらく気を抜かれたように動けなくなったくらいだ。

「へえぇ。そんな立派なお寺の息子さんが友達だなんて、周二もたいしたもんねえ。その子、一度うちにも連れて来なさいよ。あ、やっぱりだめ。あんたの実家がこんなに狭くて汚いってわかったら、お友達にびっくりされちゃうわね」

「それはないよ。いいやつだから」

「お金貯めてもう少しきれいなマンションに引っ越すから、それまで待ってね。お母さんいま五十五でしょ。定年まで五年で、それからもパートで働き続けるつもりだから。そうしたら、ね」

母は都内の公立保育園で、保育士として働いていた。四十までは正規職員にはなれず非常勤で勤め、四十になった年に晴れて正規採用されたのだった。よく知らないが、保育園というのは親の収入によって、保育料が変わるそうだ。だから子供ひとりにつき月々十万ほど支払う家庭もあれば、無料という家庭もある。

格差社会、貧困の連鎖。そんな言葉が一般的になるよりもっと前から、母は「親の所得がそのまま子供の将来に反映するの」と言っていたような気がする。

「保育園にいた時はそれはもうお利口で、天使のように優しい性格だった子が、十年後に会うとその両親そっくりな口汚い言葉遣いをする人間に変わってたりするのよ。お母さんは、何度も何度もそういう場面に遭遇してきたの。人間ってそういうもんなの。汚水で生きる魚はヒレの裏側まで臭くなってしまうでしょう。それと同じ」

母には母なりの持論があり、だから自分たち兄弟は小学四年生になると進学塾に通わされたのだ。貧乏人が這い上がるためには、勉強するしかないの。お母さんもお父さんも運動はてんでだめだったから、そっち方面はあんたたちも無理よ。勉強だったら人より努力することでなんとかなるんだから。そんな小言を日々耳にしながら、周二たち兄弟は成長した。ゲームや漫画はほとんど買ってもらえなかったし、テレビも祖母が同居するまでは置いていなかった。娯楽といえば兄弟でたまにするトランプくらいだっただろうか。犬を飼いたいと頼み込んだこともあるが、「無理に決まってるでしょ」のひと言で却下された。母の兄と周二はそんな母に反感を覚えながら、でも表立って反抗することはしなかった。「子供には不遇な思いをさせたくない」という思いを知っていたからだ。

周二の父は、高校に行っていない。父の家庭に方針というものがあったかは知らないが、中学を卒業すると同時に板金工場に就職した。

やがて父は母と結婚し、共働きをしていたので結婚当初は少しだけ生活は楽になったそうだ。だが周二が小学生の時に勤め先の工場が潰れ、父は再就職先を探したが、就職活動は困難を極めたという。「十五の時から鉄を削ることしかしてなかったからな」と父が自嘲気味に口にしていたのをいまでも憶えている。それでも父はなんとか別の工場に働き先を見つけた。その時父は四十を過ぎていたが、中卒と中途入社だという理由で、退職するその日まで給料は工場内で一番低かったと聞いた。

勉強、勉強と急き立てられた子供時代は窮屈だったが、生活費を切り詰め二人の息子を進学塾に通わせ、私立の中高一貫校に入学させた母の執念には感服している。おかげで自分たち兄弟は希望の大学に進めたのだ。銀行員になった兄は結婚して都内で暮らし、自分も好きな学問を続けている。博士課程に進んでからは、日本学術振興会の審査を通り奨励金も受けているので、実家に頼ることもなくなった。母のやり方は極端ではあったけれど、結局は周二の人生に選択肢を与えてくれた。祖母が家に転がり込んできた時も、嫌々ながらも一部屋を明け渡したのだ。当時は祖母に冷たく当たる母を非難していたが、大人になったいまはその気持ちもわかる。祖母を受け入れられない気持ちも、瞳や美羽に優しくできない気持ちも。

「そういえば、おばあちゃんは元気にしてるの？」

仕事のこと、兄嫁のこと、定年退職した父のこと。母の愚痴をひと通り聞き終えた頃を見計らって、切り出した。

「おばあちゃん？　お父さんが月に一度会いに行ってるけど元気そうよ。どうして」

「もうだいぶ高齢だし、いま会っておかないと後悔するかなと思って」

「なに言ってんの。あの人、百まで生きるわよ、絶対。だって人生でなにひとつ疲れることなんかしてないんだもの。あたしなんて二十一の時から三十四年間も働き詰めなんだからね。お兄ちゃんを産んだ時もあんたを産んだ時も、産後三か月も待たずにすぐに職場復帰してさあ。だってその頃はまだお母さんパート扱いだったから育休とかもなくて、仕事休むとすぐに家計がひっ迫して。ほんとにもう、死活問題だったんだから」

「わかったよ。その話、何度も聞いた。でもおばあちゃんが百まで生きるかどうかまでは、さすがにわからないだろ」

「ひょっとして周二、会いに行く気？　会っても呆《ぼ》けてるわよ」

自分と兄がまだ子供だった頃、仕事で忙しかった母の代わりに家事は祖母が担当していた。だから当たり前のように兄弟は祖母になついていたが、母からすればそれが気に入らなかったのだろう。夫が勤め先で苦労しているのも、そのせいで自分が朝から晩まで身を粉《こ》にして働かなくてはならないのも、すべて舅《しゅうと》と姑《しゅうとめ》のせいだと恨んでいた。

「別に呆けてたっていいよ、僕だってわからなくてもいい」

「じゃあなんのために行くの」

「だから、顔を見に行くだけで」

「まさかそのために帰って来たんじゃないでしょうね。子供だったあんたたちは気づかなかったでしょうけど、おばあちゃんってほんと勝手な人なのよ。おじいちゃんが死んで、瞳さんが家に男を連れ込んだとたん、急に不安になってうちを頼ってきたんだから。ああいう人たちって行き当たりばったりだから、先のことはなにも考えてないっていうか。結局は周りにいる人間に迷惑かけるの」

　母が口にする「ああいう人たち」には瞳や美羽のことも含まれているのだろう。ますます不機嫌になっていく母から、それでもなんとか祖母のいる施設を聞き出すと、「そろそろ行くよ」と席を立つ。一緒に夕食を食べに行くつもりだったのに、もう少しゆっくりしていきなさいよ、と母は口を尖らせ引き留めてきたが、今日中には京都に帰らなくてはいけないからと嘘を吐いた。父に会いたかったなと思いつつ、玄関に向かう。父は工場を定年退職してから、高速道路の料金所でアルバイトをしている。今日は日勤が終わってから現場で仮眠をとり、そのまま夜勤に入るのだそうだ。

　祖母が入所している施設は、実家からだと電車を乗り継いで一時間半ほどかかる隣の県にあった。費用の問題もあったのだろうが、これだけ距離が離れると祖母が厄介払いされたという感じは否めない。実家を出る時、夏美からＬＩＮＥが入ってきて『いまから祖母に会いに行くんだ』と施設の名前を伝えると、すぐさま電車の乗り換え情報や近辺の地図などを送ってくれた。

　今夜は夏美の職場の近くで待ち合わせをしていた。逢うのは島から戻って来て以来なので、二か月ぶりになる。

最寄り駅で電車を降りると、地図を頼りに農道を歩いて施設に向かった。畑や荒れた雑木林以外なにもない所だった。民家もない。信号のない道路を二十分近く歩くと山のほうへ続く坂道があり、そこをかなり上った所に祖母の入所する施設はあった。施設の建物自体は大きくて頑丈そうな造りをしていたが、廃業した田舎のホテル跡を思わせる寂れた感じが漂っている。玄関を入れば使用済みのオムツの独特の臭いがして、こうした施設を数多く知っているわけではないが、手入れの行き届いた施設ではないような気がした。

受付で学生証を提示し面会を願い出ると、一階にある祖母の部屋を教えてもらえた。病院の大部屋のようなその部屋にはベッドが六台置いてあって、窓際のひとつに「須藤絹《きぬ》江《え》」というプレートが掲げてある。病室と違うのは、部屋に共同トイレがあるところくらいだろうか。

「おばあちゃん久しぶり。周二だけど、わかる?」

おばあちゃん、と話しかけながら、周二はベッドに腰掛ける老人が祖母だという確信がもてなかった。男のように髪を刈り上げ、鶏ガラを連想させる痩せ細った体に、元気だった頃の面影はない。

「おばあちゃん、わからないかな、周二だよ」

白濁した祖母の両目を見つめながら、声をかけ続ける。視力が弱っているのかもしれない。祖母は瞬きを繰り返しながらじっと、周二の顔を見つめていた。

「……周ちゃん？」

膝の上に力なく置かれていた手が、おずおずと伸びてくる。

「そうだよ。おばあちゃん、僕のことわかる？」

周二はくしゃくしゃの紙のような手をつかみ、軽く握った。手に触れたとたん、一緒に暮らしていた日々が思い出される。顔を見ても声を聞いても湧いてこなかったじんわり温かいものが、手を握ったとたん瞼の裏側に滲み出てくる。

「憶えてるよ。当たり前だろ。周ちゃんは……二十七歳になったんだろう。おばあちゃんはあんたの誕生日も、浩ちゃんの誕生日もはっきり憶えているんだからね。周ちゃんは五月三十一日の双子座。浩ちゃんは三月四日のうお座。干支《えと》だってすぐに言えるさ」

嬉しそうに目を細め、祖母が小刻みに首を揺らす。祖母が自分をわかってくれたことに安堵しながらも、老いた姿に胸を痛めた。

「今日はおばあちゃんに聞きたいことがあって来たんだ」

通りがかった施設のスタッフが、どこからか丸椅子を持ってきてくれた。周二は礼を言って椅子に座り、ベッドのわきから祖母に話しかける。

「なんだい、聞きたいことって」

「おばあちゃんは美羽のこと、憶えてるよね」

ふくふくと笑っていた祖母の顔から表情が消える。掛布団を捲《まく》り上げ、布団の中に潜り込んでしまう。

「ごめん、こんな話したくないよね。でも聞いてほしいんだ。実はね、美羽のような女の子に会ったんだ」

掛布団の下の動きが止まった。

「美羽？　美羽に似てたの？　周ちゃんはあの子の顔、憶えてるのかい」

「はっきりとは憶えていないけど。それに顔が似てるっていうわけでもない。でもその女の子に逢った時、どうしてか美羽を思い出したんだ。それでもしかして、その子と美羽になにか関係があるんじゃないかと思ったんだ。おかしなことを聞くけど、僕のお父さんに、瞳おばさん以外のきょうだいがいるってことはない？」

回りくどい言い方をしたせいか、祖母には意味がわからないようだった。

「おばあちゃんの子供って、お父さんと瞳おばさんだけかな」

しかたなく、周二は直接的な言い方でもう一度聞いた。

「あんたはなにを言ってるんだい」

しばらくの間を置いて、祖母が掛布団から顔を覗かせた。この話をするまでの柔和な笑みは消え、無表情のまま周二を見つめてくる。母に遠慮して普段はめったに自分の意見を言ったりはしない人だったが、祖母自身も本来は気性が荒く気難しいところがある。

「おばあちゃんじゃなくても、おじいちゃんに他所《よそ》の子供がいたとか」

「あんた、ほんとに周ちゃんかい。頭のネジが緩んだ婆をからかいにきた、どこかの輩《やから》じゃないだろうね」

「ごめん、おかしなこと言って。周二だよ。正真正銘の須藤周二だ。つまらないことを聞いて本当にごめんなさい。でもそう聞きたくなるくらい、美羽を思い出させる女の子に出逢ったんだよ。名前は久遠花というんだ。おばあちゃんは久遠って名前に心当たりはない？」

「クオンハナ……。知らないね。そんな変な名前、聞いたこともない」

「うん、わかった。ありがとう。そうだこれ、忘れてたよ。おばあちゃんに千疋屋《せんびきや》っていう高級店のゼリーを持ってきてたんだ」

周二は自分の膝の上で、包みを開いた。ネットで取り寄せておいた色とりどりのゼリー菓子が現れる。キウイにマンゴー、さくらんぼなど宝石のようなゼリーが、薄暗い部屋の中をカラフルに照らす。一緒に住んでいたので、祖母の好物がゼリーであることは知っている。スーパーに買い物へ行くたびに、自分が食べるためのゼリーをこっそり買っていたから。

「もし美羽が生きていたら、周ちゃんと同じ二十七になっていたんだねぇ」

天井に向けられていた空っぽの目玉が、周二を見つめてくる。

「あのままなんにもなく大きくなってたら、瞳にそっくりのきれいな娘に……」

空洞のように見えた目から大粒の涙が溢れ、落ちる。枯れ木のような体から湧き出てくるものは、衰弱してもなお忘れられないほどの生々しい悲しみだった。

祖母はまた掛布団を頭の上まで被り、痩せた背中を周二に向けた。なにか恐ろしいものから身を隠すように縮こまっている。巡回していた男性介護士が部屋に入ってきて、何事かと視線を投げかけてきた。困惑顔を作り、静かに首を振る。祖母の機嫌を損ねてしまったとジェスチャーで訴えると、まだ二十代だろう若い介護士は苦笑いを浮かべ、そのまま部屋から出て行く。

祖母が泣きながら黙り込んでしまったので、周二もなにも言わずに両目を閉じた。

強いアンモニアの臭いが鼻をつき、目を開けるとさっきも部屋を訪れた若い男性介護士が両手にビニール手袋をはめた格好で作業していた。排泄のためのポータブルトイレの処理をしていく。周二は手際よく作業をする介護士の動きを目で追いながら、「手入れの行き届いた施設ではない」という第一印象を抱いたことを恥じた。中で働く人たちはみんな必死でやっているのだ。だがおそらく人手不足で、どうしても手の回らないところがある。物事のすべてを知らないのに、ただ一点だけを見てすべてをわかりきったような気持ちになってしまうのは、自分の悪い癖だ。時間の流れが止まったようなこの部屋にいると、なぜだか自分の嫌なところばかり思いつく。

周二は立ち上がり、部屋の窓を開けた。新しい風が大部屋の中に吹き込んでくる。体臭なのかエアコンの温風なのか、ねっとりと体にまといついていた大部屋の空気が、新鮮な渦を巻くのを感じた。

窓の外に視線を伸ばせば、すすきの穂が群れになって揺れているのが見えた。山の中だからか空気は澄み、鳥も飛び、こうして見ると都会にある施設よりも環境はいいのかもしれないと思えてきた。母なりの考えがあって家から離れたこの場所に、祖母を住まわせたのかもしれない。母は母でずいぶんと苦労してきたのだ。五十五になって初めて髪を栗色に染めた、母の明るい顔を思い出す。

ジャケットのポケットに入っていた携帯が震えた。見ると夏美からLINEが届いている。

『おばあさんの施設、ちゃんと見つかった？』

「ありがとう。もういま部屋にいるよ」

『そうとうな田舎でしょ』

「悪くないよ。君のおかげで迷わず着いた。ありがとう」

夏美が投げキッスをしているパンダのスタンプを送ってきたので、可愛らしく頭を下げるパンダのスタンプを送り返した。いつもそうだな、と思う。この人は多くのことを聞いてはこないし、なにも求めてはこない。そして自分はその距離に甘えている。

微かに風の音が変わった気がした。窓から手を伸ばし外の空気を触ると、手のひらに冷たいものが当たった。朝は白かった空が、いまは濁った灰色になっている。

「雨かい？」

白い掛布団の下から、くぐもった声が聞こえてくる。

「そうみたいだね。けっこう降りそうだよ」

雨が吹き込むといけないので窓を閉めようとしたら、そのままにしておいてほしいと祖母が制する。ここへ来てから一度も雨の匂いを嗅いでいないという。

「周ちゃんは、美羽が最後にうちに来た日のことを憶えているかい」

窓の外で雨音が高まった。雨に濡れたせいか、輪郭の無いうすぼんやりとしていた景色が濃さを増していた。「もちろん憶えてるよ」と周二は返す。

「あの子は……美羽はあの日、うちでコーラを飲んでたね。暑い夏の日で、喉が渇いてるだろうと思って出してやったんだよ。あまり冷えてなかったから氷をたっぷり入れて。ガラスのコップの中でカランカランって氷が鳴ってたよ。……もう少しゆっくりさせてやればよかったね。泊めてやればよかった。そうしたら……あんなことにはならなかったんだよ。いつも元気なあの子があんなにしょんぼりしてたんだ。あの日だけでも……泊めてやれば……よかったのに。あんたたちが出てってから、雨が降ってきたんだよ。あたし、傘を持たせてやればよかったって……そう……思って……。あたしはね周ちゃん。いまも夏は悲しいよ、大嫌いだ。ねえ周ちゃん、あたしの大事な瞳と美羽は、なんで死んじゃったんだろうねぇ……」

雨音に重なる祖母の涙声を聞きながら、周二は外の景色を眺めていた。美羽と瞳が亡くなってから、祖母は母のいない時間帯に般若心経《はんにゃしんぎょう》を唱えるようになった。母が家に仏壇を置きたがらなかったので、居間の窓ガラスに向かって祖母は手を合わせていた。雨が降ると悲しくなるのは、周二だけではない。

「おばあちゃんのせいじゃないよ。それと、美羽が飲んでたのはコーラじゃない。カルピスだ。おばあちゃんは僕のよりずっと甘く、美羽のカルピスを作ってやってたよ」

哀しげな嗚咽《おえつ》がシーツの下で大きくなった。この人もずっと悔やんできたのだ。父も兄も、母にしてもなんの罪も感じずにこの十七年間を過ごしてきたわけではないだろう。わずか十歳で命を絶たれた美羽のことを、誰も忘れてはいない。なにもしてやれなかったことを悔い、見捨てたことを詫び、見て見ぬふりをしたことを恥じて生きてきた。

「おばあちゃん、美羽の飼ってた犬のこと憶えてる？　黒い、あの頃はまだ子犬だった」

祖母がシーツの中から顔だけを出し、周二を見つめてきた。

「美羽がうちに来た時はいつも、おばあちゃんさ、あの犬も家の中に入れてやってただろ。雑巾で足を拭いて。時々は牛乳も飲ませてやったりして。美羽が僕に言ってたよ。おばあちゃんが一郎《いちろう》に優しくしてくれるから嬉しいって。美羽はね、おばあちゃんのことが大好きだったんだ。だから会いに来てたんだよ」

そうだった。あの犬の名は一郎だった。たったいま思い出した。兄と美羽との三人で公園で拾った時、周二がつけた名前だった。

「おばあちゃん、そろそろ行くよ。また来るから」

また、がいつになるかはわからない。大人のまた、は遠い日のことを指す。

「もう……帰るのかい」

「うん。このあとちょっと約束があって。突然来て悪かったね」

ベッドに横たわる祖母を見つめた。昔から小柄ではあったけれど、こうして見ると、よくこの小さな体で孫二人の世話をしてくれたなと胸が熱くなる。自分の娘と孫娘を失ってからも……。

「あまり勉強ばっかりしすぎるんじゃないよ。浩ちゃんにも言っときな。男の子なんだからたまには外で遊ばないと」

「大丈夫だよ。いまは好きな勉強しかしてない。兄ちゃんはもう働いてるし、勉強しなくていいんだ」

「そうだったね。それならよかったよ。あんたたちのお母さんは厳しいからね。子供はもっと楽していいのにさ」

祖母の手を握り、もう一度「じゃあまた」と声を掛けた。手の震えが伝わってきて、ほどくタイミングが見つからない。

「ねえ周ちゃん」

「うん？」

「おばあちゃんも……美羽に逢いたいよぉ」

枯れ木のような体をシーツごと抱きしめると、実家の匂いがした。不思議だった。もう一年以上施設で暮らしているのに、祖母からは実家と同じ匂いがした。ああそうかと思う。自分にとっては祖母の匂いが、実家の匂いなのだ。「美羽も僕も兄ちゃんも、おばあちゃんに救われてたよ」と耳元で呟き、周二はそっと体を離した。

玄関口の受付で挨拶をしてから施設を出ると、外は白く煙っていた。地面を抉《えぐ》るような雨足に怯《ひる》み、施設で傘を借りようかとも思ったが、返しにくる暇もないかとやめておく。走れば、駅まで十分くらいだろう。

弾みをつけて、雨の中を駆け出した。ほんの数メートル走っただけなのに、スニーカーのつま先が泥にまみれる。普段の運動不足を呪いながら、それでもなんとか足を止めずにいると、どこからか声が聞こえた気がした。空耳だろうか。立ち止まり、周囲を見回す。でも樹々が風に揺れているだけだ。

「周二」

今度ははっきり自分を呼ぶ声が聞こえ、声のするほうに明るい色の小さな点が見えた。点は徐々に大きくなっていく。枯れ草色の景色の中で目を凝らせば、明るい色が人の形になった。

「夏美……？」

赤色のトレンチコートを着た夏美が「おーい」と手を振っていた。二人で同時に駆け出し、わずか数秒で向き合う。

「どうしたんだよ」

情けないことに、自分のほうが息が上がっていた。

「傘持ってないと思って」

「へ……傘？」

「嘘よ。周二が寂しい思いをしてるんじゃないかな、って心配になってね。仕事、切り上げて来ちゃった」

普通は逆だよね。これって男が女に言う台詞《せりふ》だよね。夏美が傘を差しかけながら、手に持っていたタオルで雨に打たれていた首の後ろを拭いてくれる。

「どうだった、おばあちゃんに会えた？」

「元気だったよ。呆けてもなかったし」

「そう、よかった」

駅に続く農道を歩きながら、周二は初めて夏美に自分の子供の頃の話をした。どれもいい話ではないから、他人が聞いても楽しくないだろうと、これまでは隠していた。

3DKの小さなマンションで、家族五人が暮らしていた日々のこと。死にもの狂いで勉強し、中学から私立の男子校に進んだこと。努力して入った学校だったが、中学でも高校でも親友と呼べる友人はできなかったこと。親元を離れるために、京都の大学を受験したこと。女性に声を掛けられたのもつき合ったのも、夏美が初めてだったこと。それから、十歳で死んでしまった美羽のことも。美羽のすべてを打ち明けるまではできなかったが、あの子が殺されたことは話した。花を初めて見た瞬間、なぜか美羽を思い出した。そう告げた時は、情けないことに語尾が震えた。

駅に着いてもまだ話し足りず、近くにあった喫茶店に入り、それからまた話し続けた。そろそろ東京に戻る最終電車の時刻になるという頃、ようやく二人は喫茶店を出た。店を出た夏美が、島で花に声を掛けていたテレビ局の人にも連絡してみようかと言い出す。

「花ちゃんがいなくなったのってテレビに出た後でしょう？　津村さんだっけ、もしかしたら、あの人がなにか知ってるかも」

夏美は榮門に電話をかけ、津村の連絡先を聞き出したらどうかと言ってきた。

「なあ、どうしてこんなに親身になってくれるんだ。君にとってはなんの関係もないことなのに」

東京行きの最終列車がホームに入ってくるのを眺めながら、周二は聞いた。

「周二にしても、花ちゃんのことは関係のないことでしょう」

「それは……そうだけど」

「見届けたい、のかな」

「なにを」

「周二と花ちゃんのこと。どうなるのかちゃんと見届けてから、あなたと自分のことを考えたい。花ちゃんは、あなたの中の美羽さんを忘れさせてくれる人なのかどうか」

最終電車にほとんど乗客はいなかった。広々としたシートに腰を下ろすと、穏やかな表情で夏美は話し出す。

「さっき喫茶店で周二から美羽さんの話を聞いてた時、なんだろう、悟っちゃったのよ。周二が幸せにしたい人は美羽さんだけなんだろうなって。そこに花ちゃんという、周二の心をざわつかせる存在が現れて。さあこの先二人はどうなっていくのか。十歳差カップルなんていまどき珍しくないしね」

夏美は冗談めかして言った後、ちょっと眠るね、と目を閉じてしまった。「なんだよそれ」と言い返す自分の声が頼りない。電車は、見知らぬ景色の中をゆっくりと進んでいく。周二は車窓から見える外灯の光を、ぼんやりと眺めていた。

10

地下鉄が九段下《くだんした》駅に着くと、榮門は須藤と待ち合わせている六番出口へ向かった。与那国から京都、そして東京と、この四日間花の手がかりを求めて歩き続けている。東京には京都に寄ったその日にやって来た。こっちで働く長男に会って協力を求め、その後で永井の事務所がある高円寺《こうえんじ》を訪れた。永井とは電車を乗り継ぎ、東京と山梨の境に住まう花の両親にも会って来た。榮門の足の裏はこの数日間の歩行で熱を持ち、ぱんぱんに張っている。鈍い痛みが走る両膝もすでに限界だ。だがここで弱音を吐くわけにはいかない。花からの連絡はいまだなく、生死さえも定かではない。恐怖にも似た焦りが、日に日に強くなっていく。

「榮門さん」

雑踏の中から女の声が聞こえてきた。声のほうに視線を伸ばせば、須藤の姿が見えた。自分を呼んだのは須藤の隣を歩く女のようで、榮門と目が合うとにこやかに手を挙げてきた。

「ああ、あなたは」

「松川です。松川夏美です。島ではお世話になりました。同じ電車に乗ってたみたいですね。ホームに降りてすぐに榮門さんが見えたんですけど、追いつけなくて」

「そうだったんですか。このたびは花のことでご迷惑をおかけしてすみません」

「そんな、迷惑だなんて。それより、本当に大変でしたね。というか、いまもまだ大変は続いていらっしゃるんでしょうけど」

花の行方不明者届は、寮に帰って来なかったその日に出している。だが事件性がないからか警察は動かないのだと、榮門はいまの状況を夏美に伝える。ひとりでも多く、花を探す人の手が欲しかった。

須藤から『僕もいま東京に来ているんです』と電話を受けたのは、昨日の夕方のことだ。島で出会ったテレビ局の人間に花のことを聞いてみるつもりだ、と須藤は言った。だから連絡先を教えてもらえないだろうか、と。そこまでして花を探してくれているということに驚いたが、ただ感謝しかない。

『せっかくなので明日一緒に昼飯でもどうですか』

須藤はそうも言い、二人が招待してくれたのは、駅から歩いてほんの一分ほどの場所にある活魚料理屋だった。島のビタローも絶品だが、東京の刺身も美味しいことを知ってほしかったからと夏美は笑う。

「それで、花ちゃんのこと、なにかわかりましたか」

奥座敷の上座に榮門を促すと、夏美が切り出す。須藤からだいたいの話は聞いているようで、真剣な眼差しで榮門を見つめてくる。榮門は東京に到着してから今日までのことを、事細かに話し出す。話しているうちに興奮して声が大きくなってしまったが、閉じられた襖は声が外に漏れ出すことを防いでくれる。

「花の父親とその再婚相手の女性に会ってきました。永井先生からいろいろと聞いてはいたんですが、あのしれっとした態度には驚かされました。花の行方がわからなくなったと伝えても、心配する素振りも見せなくてね。面倒くさそうに『だから？』なんて言ってきました。こんな両親と暮らしてきたのかと思うと、花が不憫《ふびん》で」

「父親もそうなんですか？　父親のほうは花ちゃんとは血が繋がってるんでしょ」

「父親は花が八歳の時に山で行方不明になった時の話を持ち出して、またどこかの山にでも登って下りられなくなったんじゃないか、とね。あの子の行先について口にしたのはそれだけで、あとは後妻の言いなりという感じでしたよ」

両親は玄関先で応対するだけで、榮門と永井を家の中に上げようとはしなかった。責任は榮門にあるというようなことをしきりに口にし、早く話を終わらせたがっていた。

「つまり自宅には戻ってないってことですね」

須藤の問いに、榮門はゆっくりと頷いた。ひょっとしたら実家に帰っているのかもしれない。そんな淡い期待も絶たれてしまった。

「家を出てから、花が連絡をしてきたことなど一度もない。義母がむしろ得意げにそう言うもんですから、『子供は自分を受け止めてくれる場所にしか、頼っていかないんだ』と思わず声を荒らげてしまいました」

その時のことを思い出し、腹の中が熱くなる。と同時に出入り口の襖が開き、仲居が氷を敷き詰めた鉢に鱸《すずき》といちご赤貝を載せ運んできた。座卓の上には「昼懐石　彩」と記された品書きと漆《うるし》塗りの盆が置かれている。手を尽くした料理を前に、えらく場違いな話をしているな。榮門はそんなことを思いながら、東京に来てから初めてひと息つけたことを改めてありがたく思う。配膳を終えた仲居が出ていくと、「他になにか手がかりは」と夏美が聞いてきた。

「両親からはなにも聞き出せませんでした。というより、花のことをなにひとつ知りませんでした、交友関係もなにも。家を出た花が世話になっていたという女性の家にも行ってみたんですが……」

「だめでしたか」

「連絡はないそうです」

ただ女は、花のことを心配してくれた。もし連絡があったらすぐに伝えると約束してくれた。自分が営むスナックの名刺を差し出し、もしも花が東京に戻ってきているとしたら、この界隈《かいわい》にいるかもしれないと教えてくれた。

収穫はそれくらいだったと榮門が言えば、二人が同時に小さな息を吐く。

「ところで須藤さんは東京でなにを？」

「実家の母と祖母に、花さんのことを知らないかと聞きに戻ったんです。うちの住所とそう離れてないので、ひょっとしたらどこかで久遠花という少女を見かけたことがあるかもしれないと思って。まあ万にひとつの可能性ではありますが。あと……僕が従妹と見間違えたくらいだから、ひょっとして久遠さんという親戚がいるのかなと思って」

「それでどうでしたか」

「いえ、そんな親戚はいませんでした。僕の勝手な思い込みで……」

「花ちゃんと美羽さんには、なんの関係もありませんでした」

夏美が確認するように言い直すと、部屋の中に重苦しい沈黙が漂った。どんな結果ならよかったのか。榮門は物思いに耽《ふけ》る須藤に、目を向けた。

料理屋から出ると、榮門はもう一度二人に礼を言った。考えてみれば観光で島に遊びに来ただけの彼らが、ここまで親身になってくれたのだ。感謝を通り越して、神様が二人に出逢わせてくれたような気になっていた。

「ご馳走するつもりがすみません。榮門さん、ありがとうございます」

夏美が礼を口にしながら右手を差し出してきたので、ほっそりとした手を握り、頷く。

「いいえ。私も東京に来て初めて美味いもんを食べさせてもらいました。いやあ、腹が減ってもどの店に入ったらいいか、さっぱりわからなくて。東京という場所は食べ物屋で溢れていますよ。須藤さん、ありがとう。わざわざ京都から来てもらって」

「いえ。僕なんてなんの役にも立てなくて」

「じゃあ私たちはここからタクシーを拾います。これ、笑里さんにお土産。いまこっちで大人気のお菓子です」

夏美が手に提げていた紙袋を榮門に持たせてくれる。思いもよらない気遣いに、瞼の裏が熱くなる。

「榮門さん、帰りの飛行機は何時ですか」

「午後八時の便だったと思います」

「午後八時？　まだ六時間以上もあるじゃないですか。時間まで東京観光でもされるんですか」

「いや、こんなに人が多いと歩いてるだけで疲れてしまいますから。空港に直行するつもりですよ」

いまの自分に観光をする心の余裕はない。榮門が土産の礼を伝え、駅に向かって歩き出そうとすると、

「じゃあ飛行機の時間まで、私たちに同行されませんか」

と夏美が言ってきた。

「僕たち、催眠療法を利用できないかと考えてるんです。催眠療法を使えば、花さんの探

しているものが見つかるんじゃないかって」

と須藤までが引き留めてくる。

榮門はゆっくりと振り返り、

「催眠療法?」

と聞き返した。耳慣れない言葉に、足が止まる。

「黒田の提案なんです。でもこの話を榮門さんにする前に、自分たちで試してみようと思って予約を入れてるんです。それがこの後なんですけど、もしよければご一緒されませんか」

須藤の切実な眼差しに、なにも考えずに頷いていた。あとはあの男の子が動いてくれる。武っさんはそれに従えばいいよ――。雑踏のざわめきの中から、悦子の声が聞こえてきた。

11

榮門たちが通されたのは、ベッドと事務机が一つずつあるだけの簡素な小部屋だった。なんとなく既視感があり、よくよく思い出してみれば小学校の保健室に似ているのだと気づく。静かで清潔で、卵の殻の中にいるような安心感に満ちている。

「治療を受ける須藤さんは、このベッドに上がってください。間もなく院長が来ると思いますのでそれまで楽にしていてくださいね」

白衣ではなく水色のワンピースを身に着けた年配の看護師に導かれ、真新しいシーツが敷かれたベッドの上に、周二が横たわった。看護師は榮門たちにもパイプ椅子を三脚用意した後、そっと扉を開き部屋を出ていく。

「なんや、普通やな」

部屋の扉が完全に閉まるのを待って、黒田がぼそりと呟く。

「そうね。催眠療法っていうから、もっと薄暗い、魔女が秘薬を作ってるような部屋に通されるかと思った」

「黒魔術的なやつですか。そこまではいかんでも、もう少し物々しい雰囲気かとおれも思ってましたわ。榮門さんはこういうとこ、初めてですか」

「初めてです。島にはメンタルクリニックなんてありませんからね。周りにも催眠療法を受けたという人間は聞きませんし、私にはどんなことをするのかまったく想像できませんよ」

夏美と須藤に連れられて来た場所は、閑静な住宅街にひっそり開業するメンタルクリニックだった。メンタルクリニックといえば、精神科医が患者の話を聞いて助言を与えたり薬を処方して治療するのが一般的なのだろうが、榮門には馴染みがない。島に診療所はあるが、精神科の医師が巡回に来ることはないからだ。

黒田はクリニックの予約の時間に合わせて京都から来たとのことだった。

「ところで黒田くん。催眠療法って安全なの？」

「安全とはどういう意味で」

「だから、ほらなんていうか、たとえば周二がひどく混乱しちゃって、そのまま元の精神状態に戻れなくなったりはしないのかなって」

「その辺は問題ないですよ。催眠療法は交霊や奇術とは違う、きちんとした治療方法なんですよ。ヒプノセラピーといって、アメリカなんかではカウンセリングと同じ感覚で一般的に利用されている治療方法なんです」

ベッド上の須藤はさっきから押し黙ったままで、夏美と黒田の二人だけが声を潜めて話していた。榮門は妙に緊張してしまい、殺風景な室内に視線を巡らす。防音壁になっているのだろうか。話し声がやけにこもって聞こえる。

「治療ってどういうふうにするの」

「催眠誘導という手法で意識を特定の一点に集中させて、過去の記憶を引き出すらしいです。人間の意識には顕在意識と潜在意識の二つがあるんですけど、普段の思考や行動の大半は、顕在意識の下で行われているんですよ。でも潜在意識は、実は顕在意識の九倍にもおよぶ領域があると考えられていてね。つまり顕在意識よりも強い力を持つとも言われてるんです。『思わず』とか。『なぜか』とか。『気がついたら』とか。そういうのはこの、普段は現れてこない潜在意識のせいでとってしまう言動や行動やと考えられるそうなんです。催眠療法では、あえて普段は閉じている潜在意識の扉を開け、潜在意識の中に注意を向ける。その中で必要な記憶を取り出して、問題解決に繋げていくといったやり方をとるそうです。なんかおもしろいでしょ？」

「おもしろいんだったら黒田くんがやってもらえばいいのに。……周二、平気？」

夏美が心配そうに眉をひそめ、壁際に置かれたベッドに向かって話しかける。

「大丈夫だよ。さっき看護師さんから聞いたけど、別に意識を失ったりするわけでもないし、言いたくないことを口にしたりするようなことはないって。トイレに行きたくなれば普通に行けるみたいだし」

催眠療法を体験するためにやってきたこのクリニックで、いわゆる実験台として手を挙げたのが須藤だった。もし肉体的にも精神的にも問題がなく治療として有効であれば、花に受けさせてもいいのではないかと、須藤から提案された。花の失われた記憶が再生できれば、探しているものも見つかるかもしれない。

「ねえ周二。私たちここにいてもいいの？　外に出てようか」

「どうして、別にいいよ」

「本当に？　聞かれたくないこともあるでしょう」

「大丈夫だよ。いまの僕には夏美に隠しておきたいことなんてないよ」

「いや周二、催眠療法を甘くみたらあかんで。催眠療法では何十年も忘れていた記憶を、蘇《よみがえ》らせることもできるんや。たとえば幼少の頃に受けた傷が原因でその後の人生が歪み、心を病んだ人がいるとするやろ。それやったらその傷を受けた当時の記憶を蘇らせて適切な対処をすれば、その傷はそれ以上深くなることはない。過去の辛い記憶に働きかけ不安を軽減したり、恐怖を取り除く。そうすることで本人を抑圧し続けてきたものを取り除いてやる。それがこの治療の特質とも言えるんや。おまえも憶えてへんかったような過去の悪事が、みんなの前で暴かれるかもしれんで」

「黒田、おまえ、楽しんでないか」

「ちょっとだけな」

「それにしても黒田くん、よくこの医院を知ってたね。メンタルクリニックとしてはホームページに出てたけど、ここで催眠療法をやってるなんて情報、どこにもなかったよ」

「夏美さん、京都の坊主を甘くみたらあきません。古くから京都の坊さんは政治にまで奥深く絡んどったんやから。夏美さんやから教えといてあげますわ。ええですか。本物の情報いうもんは、人の口から耳へ、直接伝わるもんです。とはいえ今回は、ここの院長とうちの親父が旧《ふる》くからの知り合いやっただけですけど」

夏美たちが話している途中でドアが開いた。男が二人、部屋の中に入ってくる。五十絡みの男のほうは白衣姿だったが、もうひとりは紺色の作務衣《さむえ》を身に着けていた。おそらく作務衣を着た男のほうが年齢は上だろう。

「お待たせしました。私が院長の金子《かねこ》です」

白衣の男が、にこやかに頭を下げる。この男が催眠をかけるのかと、金子と名乗った男の顔を榮門は興味深く見つめた。

「こちらが催眠療法士の関《せき》です。彼は三十年以上もの経験があるので、ご安心ください。彼が須藤さんを誘導していきます」

榮門たちと視線を合わせ、作務衣姿の男は無表情のまま会釈してきた。

「あの、部外者の私が立ち会わせていただいて、よろしいんですかね」

榮門が椅子から立ち上がると、「須藤さんがご承知なら、かまいませんよ」と院長が微笑む。日本において催眠療法は、まだまだ浸透しているとはいえない。眉唾《まゆつば》のように思われることもある。だからできるだけ多くの人に実際に目にしてもらいたいのだと院長は話す。それが治療への信頼にも繋がるから、と。

院長の話を聞き、このクリニックのホームページに催眠療法についての記載がないのは意図的なものかもしれないと榮門は感じた。その耳慣れない一語で、クリニックへの不信感を抱く人が少なからずいるのだろう。初めての体験に興奮しているのか、榮門の頭の中でとりとめのない考えが、浮かんでは消えていった。そうしている間にも関がベッドに近づき、施術を始めようとしていた。

「軽く目を閉じたまま、ゆっくりと呼吸を繰り返してください。そう。呼吸だけに意識を集中させて。そう。いいですよ。吸って吐いて。吸って吐いて」

自分にかけられた催眠でもないのに、その声を聞いていると意識が深い谷底に呑まれていくようだった。暗い場所へと引きずられていく。夏美や黒田のほうをちらりと見れば、二人も金縛りにでもあったかのように目を見開いたまま微動だにしない。ベッドに横たわる須藤は、言われるがままに深い呼吸を繰り返している。

「頭の先から順に、筋肉が弛緩していきます。目の辺り、頬、首筋、両肩……力が抜けていくのを感じますか。腕、背中、お腹……もうどこにも力が入らない。あなたの体は下へ下へと沈んでいきます。深い場所へと埋もれていきます……そう、もうあなたを縛るものはなにもない……白い光があなたの頭頂、この辺に浮かんでますよ。いまから私がこの光であなたの体を包みます。十数えると、あなたは完全に光の中に入りますよ……十、九、八、七……」

意識を深く包み込むような関の声に抗えず、榮門の肉体も弛緩していく。細く甲高い、高周波の音が耳を刺す。音がどこから聞こえてくるのかと探せば、関が音叉《おんさ》を叩いているのが見えた。周囲の空気が高く震える。部屋の中央に置いてある事務机の前に座り、関の動きを見つめていた院長が、「いま須藤さんは深い安らぎの中にいます」と静かな声で榮門たちに説明してきた。「やがて須藤さんの意識は催眠療法士の声だけを聞き分け、他の音にはいっさい反応しなくなります。私たちはこの状態をトランスといいますが、これは催眠下における意識の変容と考えてくだされればいいと思います」

施術が始まって半時間ほどが過ぎると、部屋全体が見えないなにかに圧され、暗い穴に嵌《は》まっているかのような錯覚に陥った。榮門の意識が海の中に潜っていく。足首にブロックを括りつけ、死者があの世に還る四畳半ビーチに深く深く沈んでいく。海の底に達したのか尻がひんやりと冷たい。頭の片隅で、自宅の二番座に置かれている仏壇の鈴《りん》が鳴っていた。

いつの間にか眠り込んでいた。背中が汗で濡れていて、その冷感で目が覚める。低くこもった声が聞こえてきたので耳を澄ませば、ベッドに横たわる須藤が天井を向いたままなにか言葉を発している。

「僕は今日も塾に行きます……行かないとお母さんに叱られるからです。うちでは勉強をしないとご飯がもらえないから。……お兄ちゃんも同じです」

息を呑んだのは、須藤の喋り方があまりに無防備だったからだ。まるで小学生くらいの子供が話しているようだ。

「塾に通うのが辛かったんですね」

関が質問を重ねる。窓の半分側だけ光が入るように調整してあったカーテンを、院長が完全に閉じた。

「すごく辛かったわけじゃないです。でも勉強をしないと、お父さんのようになる。お母さんにそう言われるのが嫌でした」

「お父さんのようになってはいけなかったのですか。きちんと働くいいお父さんだったのでしょう」

「お父さんは一生懸命、真面目に働いていたけど、お母さんよりお給料が少なくて……。そのことでしょっちゅうお母さんから嫌なことを言われていました」

榮門はその場にいながら、やはり自分が立ち会うべきではなかったと後悔した。須藤の個人的な過去を聞いてしまった罪悪感に苛まれ、それと同時に衝撃を受けていた。催眠療法でなにができるんだ、と半信半疑、いや完全に疑っていたのだ。だが目の前で実際に起こっていることを……須藤のこの状態をどう説明すればいいのか。演技などではない。明らかに須藤の意識は過去にあった。

これまでの十年間で榮門が預かった子供は、百人近くになる。その大半が不登校や引きこもりを経験していた。榮門が出逢った子供の中には残酷な虐待や虐めのせいで人前では物を食べられない子がいた。大きな物音がするとその場で蹲《うずくま》り耳を塞ぐような子や、人と視線が合わせられない子もいた。そんな時、誰がこんなふうにしてしまったのかと子供たちの過去に思いを巡らせた。子供の心をここまで踏みにじった人間は、いったいどんな顔をしているのだろう。もし過去に戻れるのであれば、自分がその場に駆けつけてその誰かを殴りつけてやりたい。そう憤《いきどお》ったことも一度や二度ではない。だが過去はどうすることもできない。どれほど手を差し伸べても、過去にまでは届かないと思っていた。だがこんな、過去の苦しみに寄り添う手段があるのだ。もちろん誰にでもできることではなく、催眠療法士という媒介があってのことだが。なんの関係もない自分がこの場にいる後ろめたさを感じながらも、榮門は自分が妙に昂っているのを感じる。

「須藤さん、安心してください。あなたはもうお母さんの支配下にはいません。お母さんとは離れて暮らしています。あなたは立派な大人になり、自分の意思で好きな勉強をしています。自由な時間を生きているんですよ」

眠っているように見えるのに、関の語りかけは聞こえるのか須藤が頷く。

「須藤さん、あなたはいまも時折烈しい頭痛や不眠に苦しんでますね。そしてその症状は夏になると重くなる。あなたのいまの症状が出るようになったのはいつからですか。症状の原因となった出来事はありますか。もしあるのなら、私に教えてください」

充分な間をとって、関がゆっくりと質問を重ねていく。榮門は須藤にそうした事情があることを知らなかったが、夏美と黒田は知っていることなのだろう。眉ひとつ動かさず須藤の様子を見守っていた。だが須藤は関にこの質問をされたきり口を閉ざし、なにも言葉を返さなくなってしまった。

凪《な》いだ海の上を漂っているような緩やかな揺れに身を任せている間にも、時間は進んでいく。須藤が関の質問に答えられず黙り込んでしまってから、十分が経過していた。そして再び口を開いた時はもう、さっきの子供のような素直な語り口ではなくなっていた。

「高校三年の八月に、自習をしに通っていた市の図書館である記事を見つけました。新聞を読んでいると、そこで偶然……」

喉をひきつらせながら苦しげに絞りだされる言葉は、ずいぶんと大人びたものに変わっている。

「なんの記事だったのですか」

「犬が山中で、頭蓋骨を掘り出したという記事です。人骨を咥《くわ》えた犬を、飼い主が自分の家の庭で発見したという、ほんの二十行ほどのものです」

「その記事は、あなたにとってどういう意味を持つものだったのですか」

「記事を読んですぐに、その骨は美羽のものだと思いました。美羽の遺体は発見されてなかったから」

淡々と質問を重ねていた関が、ほんの一瞬口を閉じた。

院長に目配せし、小さく頷き、そしてまた問いかけを続ける。

「ミウさんとあなたの関係を教えてもらえますか」

「美羽は僕の、同い年の従妹です」

「記事を見た後、あなたはどうしたんですか」

「新聞社に問い合わせ、その記事を書いた記者に会いに行きました。遺族の者だと伝えると、記者は発見された頭蓋骨が、八年前の事件に関係している可能性があることを教えてくれました」

「あなたの思った通りだったのですね」

「……はい。まだ検証中だと記者は言いました。でも僕は確信していました」

「それからあなたはどうしたのですか」

「骨が掘り出された山の名前を記者に聞いて、次の日に山に行きました。美羽が最期を迎えた場所がわかり、自分の目で確かめておきたかったんです」

「確かめることはできましたか」

「いえ……山に続く門扉の前で……引き返しました。それ以上先へ進むことができなかったんです。足がすくんで、どうしても山に入ることができなかった」

「どうして足がすくんでしまったのか、その時の気持ちがわかりますか」

「それは……」

「立ち入り禁止だったから？　それとも捜索中の警察官がいた？」

「そういうことでは……」

進んでいたやりとりが、またふっつりと途切れた。シーツの上に横たわっていた須藤がなにかに耐えるように、呼吸を荒くした。夏美が沈鬱な表情で須藤を見つめ、時々非難めいた視線を黒田に投げかけている。院長は冷静な顔つきでカルテらしき用紙になにかを書きつけ、関はしばらくなにも質問することなくその場に立っていた。

やがて須藤の呼吸が規則正しいものに戻り、喉の震えがおさまった。それを見計らって

いたかのように、

「あなたの体調に変化が生じたのは、その頃からですね」

と関が聞いた。須藤は普段に近い大人の声で、「そうです」と答える。

須藤が戻ってくるまで、榮門たちは待合室で待っているようにと看護師から指示を受けた。須藤は覚醒後、院長のカウンセリングを受けるという。他に患者のいない待合室でシャンデリアの上品な光に包まれながら、榮門は夏美と黒田とともに彼を待っていた。

「驚いたな」

誰もなにも話さないでいた中、黒田がぼそりと呟く。黒田の言葉にどう答えればよいかわからず、榮門はとりあえず首を縦に振る。

「紹介したおれが言うのもなんやけど、催眠療法が現実的な治療やいうことを実感したわ。正直驚いた」

たしかに催眠療法士と院長が須藤に対して行っていたことは、まぎれもなく治療だった。須藤の不調の原因が従妹の死にあることがわかった後、関は再び彼の記憶を従妹と別れた日に戻すというようなことをした。そしてもう一度、別れ際に抱いた感情を須藤の口から語らせ、その死が彼のせいではないことを言い含めたのだ。

「ほんの体験のつもりだったのに、周二にとっては辛い時間になっちゃったね」

夏美が重々しく口を開く。

「お二人はユングの集合的無意識を知ってますか」

黒田の目に冴えた光が浮かび、夏美と榮門を交互に見つめてくる。

「知らないけど？」

「催眠療法における超意識の状態は、心理学者のカール・ユングがいうところの集合的無意識に似てると僕は思うんです」

「ごめん、さっぱりわからない」

「つまり、こういうことです。催眠をかけられている周二は、意識がいつものレベルではないんですよ。一種のトランス状態、これが超意識ということになります。その超意識の状態で過去の自分と向き合えば、通常なら解決する術《すべ》のない陰惨な出来事にも、なんらかの終着点を見出せるかもしれんのです」

「なんかややこしい。榮門さんわかります？」

「いや。なかなか難しくて」

「つまり、釈迦やイエス・キリストやムハンマド。まあいわゆる悟りを開き自己実現を達成したとされる東洋や西洋の預言者、聖人たちは、この超意識のレベルに達していたと考えられています。超意識の状態で物事を考えることができたからこそ、後世に残る知恵や知識を見出せた」

「周二の意識が釈迦と同じレベルってこと？」

「まあ仮にそう考えてもらっても。催眠療法下にいる周二はおそらく、自分に起こった過去の出来事を俯瞰《ふかん》してるんやと思います。子供時代に起こったことを、大人になった現在の心で冷静に捉えてる。だから辛いとは感じてないはずです」

「自分の畑が台風で全滅したらショックでしばらくなにも手につかなくなりますが、他人の畑なら次にどうするべきか瞬時に判断できますよ。『嘆いていても始まらないさ』なんて励ましを口にしながら次に打つ方法が頭に浮かんでくるというか。そういうことを黒田さんは言ってるんですか」

「榮門さんの仰る通りです。子供の心では耐えられなかった出来事も、大人になったいま、第三者的な立場で考えたなら乗り越えられるという、そういう感じやと僕は思います」

催眠療法を目の当たりにした興奮がおさまらないまま、榮門たちは話し続けた。夏美はまだ混乱が続いているのか、首を傾げて腑に落ちないという表情をしたり、携帯でなにかを調べたりしていた。

待合室で半時間ほど待っただろうか。

「待たせたな。カウンセリング、いま終わったよ」

と須藤が片手を挙げて、廊下の向こうから歩いてきた。

「周二、大丈夫か」

「ちょっと疲れたけど、問題ないよ」

初めのうちは、自分が催眠なんかにかかるわけがないと構えていたのだと須藤が笑う。でもしだいに催眠療法士の声が耳からではなく脳に直接響くようになった。忘れていた細かな記憶が鮮明な映像として次から次へと、頭に浮かんできた。それは本当に不思議な体験だったと須藤は語る。

「体はどんな感じ？　辛くない？」

「そうだな。全体的に少し軽くなった気がする」

「霊を祓《はら》った後のような感じか」

「お祓いをした経験がないからわからないけど。そうだな。そういう感じなのかもしれない。そういえば催眠療法士ってどんな人だった？」

「憶えてへんのか。関さんいう人で、中国の卓球選手みたいな顔した六十過ぎの男性や。見た感じ静かやけど、えらい強いエネルギー持った人やったわ」

榮門は話し込む三人を眺めている途中で、ふと須藤が口にしていた山のことを思い出した。犬が頭蓋骨を発見したという山のことだ。その山の名を、もう一度須藤の口からはっきりと聞きたいと思っていたのだ。東京の山。それもたいして有名でもない山を、自分が知る由《よし》もない。だが須藤の口から出た名前は、どこかで聞いた気がしたのだ。それもとても大事な場面で耳にした。

「すみません須藤さん、もう一度山の名前を教えてもらえますか」

榮門は須藤たちから少し離れたところから、話しかけた。声が大きかったのか、夏美と黒田、そして須藤が同時に榮門を振り返る。

「山の名前……ですか」

「須藤さんの従妹の骨が埋められていたという山です。催眠療法を受けていた時に口にしていた」

「ああ、それなら――」

戸惑いの表情を見せていた須藤が、そんなことかというように山の名を口に出した。背筋を、なにか冷たく硬いもので触れられた気がした。これは偶然か。いやおそらく違う。悦子の微笑が頭の中に浮かぶ。

「もしかして榮門さん、ご存知ですか。標高千メートルもない郊外の山ですけど」

そうだ。たしかにあの男は、その山の名を口にしていた。

「山がどうかしたんですか」

夏美が棠門のすぐそばまで歩み寄って来て、怪訝そうな顔を見せる。

「花の父親に聞いたのと、同じ山です」

「え、どういうことですか。花ちゃんの父親に聞いたって」

「花が遠足の途中で迷子になった山が、たしかその山です。間違いありません」

その場にいた三人から表情が消えた。

12

道幅の狭い急な山道を、周二は肩で息をしながら登っていた。山道は右へ左へと曲がり、薄暗い山奥へと続いていく。下草が膝下まで伸びている様子から、人が頻繁に出入りする山でないことは一目瞭然だ。それでもいちおうは道らしきものがあるということは、山菜を目当てに来る登山者がいるのかもしれない。二メートルほど前には夏美がいて、時々心配そうに振り返っては、周二を見つめてくる。

棠門と黒田は、夏美のかなり前方、周二からは見えない曲がり道の先を歩いていた。離れた場所から「頑張れ。もうちょっとや」と黒田のやまびこのような声が降ってくる。その張り切った声から、黒田が自分ほど疲れていないことはすぐにわかった。

「花が小さな頃に迷い込んだという山、私はその山に登ってから帰ろうと思います」

榮門がそう告げてきたのは、昨日の夕方のことだった。羽田空港に向かう榮門を、東京駅の八重洲《やえす》北口まで見送りにいった時のこと。羽田空港に向かうリムジンバスに乗り込む寸前に榮門が突然そう口にした。

「それはええ考えですね」

その場に一緒にいた黒田は躊躇なく返し、自分も京都行きの新幹線をキャンセルすると言い出した。

「山に登るって、どういうことですか」

周二は榮門がなにを考えているのかさっぱりわからず、思わず非難めいた口調になった。

「ただの思いつきです。花が行方知れずになったという場所に行ってみたいと思っただけです」

「今回の失踪に関係しているとでも？」

「いや、それはわかりません。ただ妙な感じがするんです。花が迷い込んだ山と、須藤さんの従妹が埋められていた山が同じ場所だということが。山になにか……手がかりがあるような気がするんです」

「手がかり？　花ちゃんの行方に関する手がかりですか」

「いや……そうじゃなくて。久遠花という人間を知るための手がかりというか」

榮門がそう言うと、黒田がすぐさま計画を立て始めた。夏美までが「みんなで登りましようよ」と潑剌《はつらつ》とした声を出し、二の足を踏んでいるのは周二だけだった。平日だというのに、夏美は急きょ仕事を休んでこの登山につき合うことにし、黒田にしても用事をキャンセルして東京に残った。もう自分の意思とは別に、なにかが動き始めている。

歩いても歩いても景色の変わらない山道にいいかげん疲れてきたところに、夏美が足を止め笑いかけてくる。

「平気？　だいぶ辛そうな顔してるけど」

「まあ……なんとか」

美羽が殺され、八年間も埋められていた山……。そう考えるだけで怯んでしまう。この道を美羽も辿ったのだ。その時は自分の足で歩いていたのだろうか。それとも担《かつ》がれて運ばれたのだろうか。惨《むご》い場面ばかり頭の中に浮かんできて、胸が苦しくなる。周二は視線を上げて周りの景色に目を向けた。特に美しいわけでもなく、急な斜面に雑木林が広がる陰気な山だ。遺体を隠すにはふさわしい、ひと気のない荒れた山だった。

周二がかなり遅れてしまったからだろう。道の先で夏美が足を止め、周二を待っていた。

「ねえ周二、花ちゃんはどうしてこの山に入ったんだと思う？」

湿気を含んだ山の空気は、ひんやりとしていた。登山用の衣服の準備をしていないせいもあるのだろう。高熱が出る前の悪寒にも似たものが、背骨をなぞっていく。

「さあ……」

「考えてみるとおかしいよね。八歳の女の子が、遠足の途中に自分ひとりだけで山に入るなんて勇気、普通はないでしょう。それもこんなに暗い山よ」

榮門が花の父親から聞いた話では、遠足の目的地は、山道に入る手前の運動公園だったという。見晴らしのよい広場にアスレチック遊具が置いてあり、昼食をそこでとった後は一時間ほど遊んでから帰路につく予定だったらしい。公園から山道までは子供の足なら十五分以上かかる距離があったし、山道に入るためには鉄製の門扉を開かなくてはならない。つまり、花は自らの手でその重厚な門扉を押し開けたことになる。他の生徒とうっかりはぐれて迷子になったのではなく、そこには山に入ろうという明らかな意思があったはずだ。

難解な数式を解読する時のように、周二はしばらく虚空を見つめた。煙のような雲が、西から東へゆったりと流れていく。美羽と花。二人にはなにかしらの関係があるのか。あるいはなんの関係もない二人を、自分たちが無理やりにこじつけようとしているのか。山の奥に進むにつれて辺りはいっそう暗くなっていく。

三十分ほど歩いただろうか。薄暗かった空がいっそう明度を落とし、雨が降り出してきた。

「通り雨かもしれん。雨がよけられるとこまで移動しよか」

黒田が先頭に立ち、岩が庇《ひさし》のように突き出した場所まで誘導した。

「なあ周二、美羽さんのこと聞いてもええか」

岩でできた庇の下に横一列に並んで雨を眺めながら、黒田が話しかけてくる。

上から下に絹糸のような雨が落ちていくのを、周二はぼんやりと見つめていた。

「なんで美羽さんは、あんなことになったんや」

事件のことを調べたのだと、黒田が遠慮がちに口を開く。こんな言い方をして気を悪くしないでほしいが、これまでにも繰り返し起こっている、陰惨な事件のひとつだと認識した。麻薬に毒された通り魔が、瞬時の感情ひとつで無力な子供を手にかける。どこをどう解き明かしても赦《ゆる》しの存在しない類《たぐい》の事件。だが自分には、どうしても理解できないことがある。「なんで美羽さんは男の車に乗ったんやろ。十歳いうたらある程度は自分の身を守れる年やと思うんや」と黒田が顔をしかめる。

「それは……」

美羽のことを話すかどうか、周二は迷った。打ち明けるには事件の背景が重すぎて、それが周二自身の哀しみでもあるからだ。だが周二は覚悟を決め、黒田に自分の知ることはすべて話すことにした。もちろんすぐそばにいる夏美や榮門の耳にも届くだろう。本当はこのまま自分の胸だけに留めておきたいのだが、ここまで協力してくれたことへの感謝もあった。

「美羽は男と同居してたんだ。これは僕の憶測だけど、美羽は脅《おど》されたんじゃないかと思う。車に乗らないと母親を殴るとか、そういった言葉で……」

「犯人は母親の男で、しかも一緒に住んでいた……そういうことか。週刊誌や新聞記事にはそこまで書かれてへんかったから」

「被害者をさらに貶《おとし》めるような事実だから、伏せられたのかもしれない。犯人と美羽とは二年近く一緒に暮らしてたんだよ。暮らしてたといっても、男が勝手に瞳さんと美羽の家に居ついただけだ」

瞳のことは、母親がたびたび話題に出してきた。当時はまだ瞳と暮らしていた祖母が、頻繁に家に来ては嘆くからだった。「瞳の仕事が続かない」「止めるのをきかず深夜のアルバイトに出た」「新しい男ができた」「新しい男は暴力団に関係しているらしい」。周二にとっては美しくて優しい叔母だったが、瞳は快楽を最優先にして生きるタイプの女だったのだと、いまは思う。

「そしたら周二、おまえも美羽さんを殺した男とは面識があるんか」

「いや。見たこともないよ」

美羽を殺害した男の名前は、高三の時に初めて知った。勝山恵次《かつやまけいじ》。暴力団の組員だったそうだ。

「事件に関連した新聞記事やネットの情報を読んだだけでは把握できんかったから、もしよかったら教えてくれへんか。美羽さんはどういう状況で殺害されたんや」

黒田の問いかけに、夏美が息を呑む。周二は視線をいったん黒田から外し、周囲に彷徨《さまよ》わせた。荒々しく伸びた雑草の緑が目に沁み入る。

「僕の家からの、帰り道のことだった。同じバスに乗って美羽も帰るつもりが、美羽は犬を連れていたからバスに乗ることができなかったんだ。ここまでは、前にも話したことあるよな。それで美羽は……歩いてアパートまで戻ろうとしたんだ」

周二と別れた後、美羽は自宅のアパートに向かった。歩けば二時間近くかかるのだが、知った道なので不安はなかっただろう。だがそこに不運な偶然が起こった。勝山がたまたま、美羽の歩いていた道を車で通りかかってしまったのだ。周二の実家から三十分ほど歩いたところにほとんど人の通らない川沿いの土手があって、美羽はそこでこの世で一番嫌な奴と出くわしてしまった。

――おい美羽、なにしてんだ。家に帰るのか？　乗せてってやるよ。

勝山と美羽の間で、そんなやりとりがあったのかもしれない。もちろん美羽は無視しただろう。犬を胸に抱きあげ、その場から走り去ろうとしたに違いない。不運が重なったのは、勝山の他にもうひとり、男が同乗していたことだった。勝山と同じ類の男だった。逃げようとする美羽を、勝山と連れの男は車で追いかけた。

――乗れよ。乗れって言ってるだろう。言うこと聞かないと、また酷い目に遭わせるぞ。おまえだけじゃなく瞳もな。

勝山の脅しに、美羽は足を止めた。抵抗すればさらに酷いことが待ち受けている。諦めることが当時の美羽の日常だった。言うことをきかなければ、自分だけでなく母にも危害がおよぶ。美羽はそう思い、自ら勝山の車に乗り込んだのだと周二は思う。

「目撃者がいたんだそうだ。土手の下で虫捕りをしていた母親と子供が、草陰から息を潜めて一部始終を見ていた。……美羽が自分で車に乗ったことから誘拐ではないと思い、通報しなかったそうだ」

「十歳の子を殺す必要が……あったんか。なんのために？」

「なにがあったんだろうな。それは……僕にもわからない。口封じをしなくてはいけないようなことを、男たちはしたのかも……しれない」

それまで雨空を眺めていた夏美が、周二を見つめてくる。雨は止むどころか烈しさを増し、釘のような鋭さで山を削り始めた。

美羽が家に帰ってこないことで、瞳は勝山を問い詰めたのだろう。なにか不穏なものを感じ取って。正直に話さないなら警察に電話をする、と言い出したのかもしれない。二人は揉み合いになり、瞳は勝山の手で絞殺された。勝山はその夜、薬を大量に使い、中毒死したのだという。

周二のマンションにも大勢の刑事がやってきた。美羽を最後に見たのは周二だったので、その時の様子を何度も繰り返し尋ねられた。十歳の周二にとって、耐えがたい恐怖だった。美羽の死を悼む余裕もなく、まるでこの事件が周二のせいで起こったかのように詰問されることに怯えた。母は「事件も、美羽のことも、うちとは無関係です」と何度も繰り返し叫び続け、祖母は泣きじゃくるばかりだった。事件の翌日も、父と母はいつものように仕事に出かけて行った。

「勝山と一緒にいた男は事件後すぐに逮捕されたよ。けど、自分は同乗していただけでなにもしていないと主張した。殺害にも関与していなかったとね。そいつに出た判決は驚くほど軽かったよ」

共犯の男の罪状を自分はどこで知ったのだろうか、と周二は思う。あの事件を境にうちは新聞をとるのをやめ、テレビでニュース番組をつけることもなくなったから。事件のことは口にしないという暗黙のルールができ、自分たち兄弟はそれまで以上に勉強に没頭した。

「悲しい話だね。悲しくて悔しい」

夏美が呟く。灰色の雲が空を隙間なく覆い、雨音が夏美の小さな声をかき消す。

「美羽さんが寂しくなって、花ちゃんをここに呼んだのかな。花ちゃんも寂しかったから、美羽さんの声が聞こえた。ねえ黒田くん、そういうことなのかな」

黒田は顎を上げ、瞼を閉じている。

「なにか聞こえるのか」

黒田が誰かの声を聞いている、そんな気がした。

「なにかって、なんや」

「美羽の声が……聞こえるのか」

自分の死を受け入れられない。そんな魂が、成仏せずに霊としてこの世を彷徨う。そんな話を、黒田から聞いたことがあった。特に子供の魂は、死が理解できず、一定の場所から離れることができないのだと。

「いや、なんも聞こえへんよ。ちょっと考えごとしとっただけや」

黒田はそう言ったきり、黙り込む。夏美が手のひらを前に伸ばして、

（雨、けっこう降ってきたね）

と唇を動かした。黒田の瞑想を邪魔しないようにしているのだろう。

雨……。

昔からそうだ。保育園のお泊まり合宿。小学一年の初めての遠足。修学旅行、リレー選手に選ばれた運動会。今日だけは雨を降らせないでほしい、せめてこの数時間だけでも。周二がそう強く願う時に限って、雨は降る。美羽が最後にうちに来た日もそうだ。周二だけがバスに乗り込んだ数秒後に、大粒の雨が降り出してきた。車窓を打つ水滴を、瞬く間に濃い黒色になっていくアスファルトを、悲しい気持ちで眺めていた。いまごろ美羽は冷たい雨に濡れている。そう思えば、いま自分だけがバスに乗っていることが堪《たま》らなかった。

山の奥から鳥か獣か、空気を裂く甲高い鳴き声が聞こえてくる。

「花さんがなんでこの山に入ったんやろうかと、考えてたんや。夏美さんの言うように、花さんがここに迷い込んだのは、美羽さんの事件と無関係ではないような気がするんや」

眉間のしわを深め、黒田が首を傾げる。

「榮門さんは、どう思わはりますか」

「私ですか？　私は……花はなにかを探してここに来たんだと思っています。あの子は見

かけよりもよほどしっかりした子です。それは一緒に働いている私が一番よくわかってますよ。本当はみんなが言うように、ぼんやりもしてないんですよ。ぼんやりして見えるのは、あの子がわざとそうしてるからです。あの子は家に居場所がなかったからね。辛いとか寂しいとか、そういうのを感じないふりをして生きる必要があったんですよ。花は賢い子です。だから目的もなしに、山に入るなんてどうしても思えない」

「花さんがこの山で遭難したんは、たしか小学二年生の五月でしたよね。そしてその三か月後の八月に、美羽さんの骨が発見された。つまり、花さんが行方不明になった時はまだ、美羽さんの遺体は見つかってなかった。美羽さんは、花さんに自分の遺体を探してほしかったのかもしれん。花さんの探しものは、美羽さんってことにならんかな」

黒田の意見に対し、榮門は微かに首を傾げただけでなにも答えない。

「黒田くん、それは違うわよ。だって花ちゃんはいまも探し続けてるのよ。美羽さんの遺体なら、もう見つかったでしょう」

「それは、そうやなあ」

雨に抉られた土が、上のほうから流れてきていた。山道が茶色い川のように見える。

「それにしても、どうして美羽さんの遺体は八年間も見つからなかったの?」

寒そうに体を縮こめ、夏美が聞いてきた。体温を奪われ色を失くした唇が小刻みに震えている。

「警察に逮捕される前に犯人が死んだからでしょう。だから埋めた場所がわからんかった」

「そういうことか……」

周二のかわりに黒田が返す。

話をしているのは夏美と黒田の二人だけで、榮門も周二も黙り込んだまま、雨の膜を透かすようにして遠くを見ていた。

「あかんな。今日はもうここで下山しよか」

雨音を突き抜く明るい声で、黒田が言った。

「榮門さん、小山とはいえこの天候で山中を登っていくのは危険です。土砂崩れが起こらんとも限りません。服も靴もかなり濡れてますし、低体温症も怖い」

水が滲み込み重くなった靴を、黒田が持ち上げてみせる。

「わかりました。ここまで連れて来ていただいて、ありがとうございます」

物思いに耽っていた榮門が、はっと我に返り頭を下げる。

「よし、鳥と一緒に帰りましょ。みんな滑らんように」

黒田が山頂に背を向け歩き出し、夏美がそのすぐ後ろに続いた。周二は列の一番後ろを歩き、雨に濡れた三人の背中を追った。いつしか乳白色の霧が風に乗って流れてきて、列をなす四人をぼんやりと包んでいた。

13

久部良港にフェリーが着くまで、まだ一時間以上も時間があった。榮門は港の駐車場に停車していたトラックに再び乗り込み、エンジンをかける。

「なんでかー。せっかく港まで来たのに、どこ行くのさ」

助手席に座る笑里が頬を膨らませたが、なにも答えずにトラックを走らせる。

「ねぇお父さん、ほんとに花ちゃんなのかな」

「松田《まつだ》さんがそう言ってんだからほんとだろ。あの人、花の顔はよく知ってるからさ」

「でも松田さん、目が悪いんだよ」

松田は病院通いのために石垣島に足を運んでいるのだと、笑里が言い出す。白内障が悪化して、そろそろ手術をしなくてはいけないから。そんな話をひと月ほど前にしたばかりなのだ、と眉をひそめる。

与那国島内にある福山《ふくやま》海運の事務員をしている松田から、

『いまフェリーの中だけどさ、花ちゃんらしき女の子を見かけたよ』

と連絡が入ったのはつい三十分ほど前のことだった。与那国と石垣間を結ぶ「フェリーよなくに」は週に四便あり、水曜と土曜は与那国から石垣へ、火曜と金曜は石垣から与那国に向かって運航していた。どちらの島からも出発は午前十時と決まっていて、およそ四時間の航海を経て午後二時前後に到着する。松田から連絡を受けた榮門は、まだ午後一時にもなっていないというのに、家を飛び出して来てしまった。

「フェリーが着く時間まで、ぶらぶらしてるさ。港でただ待ってるのも退屈だろう」

笑里にそう言い聞かせ、榮門は港から西に向かって車を走らせる。目的地の西崎にはすぐに着いてしまった。西崎は祖納から車で十五分ほど走った場所にある日本最西端の岬で、岬の先まで遊歩道が続いている。

「どうしようか、松田さんが見間違えてたら」

「花じゃなかったら、その時はその時だ」

「でもぉー。胸が痛いよ、お父さん。松田さんが見たの、ほんとに花ちゃんだったらいいのにねぇ」

榮門は岬の入り口に車を停めると、草の生えた遊歩道を踏みしめ、小さな白い灯台を目指した。この岬から、誰よりも早くフェリーの船影を見つけるつもりでいたのだ。岬の西端には「日本国　最西端之地」という白い文字が刻まれた石碑が立っていた。

苦しそうに肩で息をしながら、笑里が後ろをついてくる。たいした坂でもないのにと榮門は肩越しに妻を振り返り、歩く速度を少し緩めた。最近また体重が増えたせいか膝が痛くなってきたよぉ。笑里がそう嘆いていたことを思い出したのだ。

「あいー。とってもいい風だねぇ」

灯台の麓で藍色の海に向き合うと、笑里が白いものが混じった髪を風になびかせながら嬉しそうな声を上げる。この場所からだと久部良の港も、集落も一望できる。天気がいい日は百十一キロ先の台湾の島影を眺めることもできるのだが、今日は霞んでいて見えなかった。

「ねぇお父さん、ここで武富《たけとみ》を待ってた時のこと、憶えてる？」

海に顔を向けたまま、笑里が聞いてくる。武富というのは榮門家の四男坊で、顔も性格も父親の自分に一番似ている腕白坊主だ。

「武富？　なんだ、そんな昔のことをいまさら」

「ここでこうやって、お父さんと一緒に待ったよねぇ。あの時も船の到着より一時間以上も早く港に着いちゃってさ。お父さん、武富が乗ってるフェリーを一番先に見つけるって、今日みたいに西崎まで車飛ばしたのよ」

石垣島の高校に通った三人の兄たちとは違い、武富は那覇の高校に進学した。野球で甲子園を目指したい。そう言って那覇市内にある野球の強豪校への入学を希望したからだ。たしかに武富は体格にも恵まれ、中学までは県内で名の知られる選手だった。だがそれも、中学までの話だ。高校ともなれば全国から実力のある選手が甲子園、あるいはその先のプロを目指して沖縄の強豪校に集まってきた。そして武富は、彼らの力にはとうてい及ばなかった。武富にとっては、生まれて初めての挫折。人生に挫折があるのは当たり前。そう思えるのは大人になってからのことで、当時の武富は野球でだめになった自分にはもう居場所がないと感じたのだろう。野球部を辞めただけではなく、高校まで退学した。そんな不名誉な形で島に帰ってきた末息子を、こうしてこの場所で待ち受けた日のことを、榮門は昨日の出来事のように思い出す。

「私ね、あの時とっても嬉しかったよ。武富が帰って来た日」

「嬉しいて？　はあぁー。息子が高校を途中でやめて、喜ぶ母親がどこにいるって」

藍色の海を、光が跳ねる。眩い光を見つめながら、榮門は気の抜けた声を出した。海から吹いてくる強い風が、ソテツやアダンの樹の葉をさらさらと揺らしている。

「あの時ね、お父さん、武富のこと叱らなかったでしょう。疲れただろって、船から降りてきたあの子の荷物持ってくれて。それがね、嬉しかったのよ」

涙ぐむ笑里に「そんな昔のこと忘れたさ」と返す。

本当は憶えていた。志半ばで折れて帰ってくる息子を、どうやって出迎えればいいのか。何日も何日も考え続けた。叱咤《しった》すればいいのか。発破《はっぱ》をかければいいのか。無言を貫き、父の無念をわからせればいいのか。四人の息子をすべて妻に任せきりにし、仕事ばかりしてきたことを、初めて悔やんだ。悩んで悩んで、そして、労《ねぎら》ってやろうと決めたのだ。途中で挫折したとはいえ、自らの意思で困難な道を進もうとしたこと。そしてたとえ補欠であったとしても二年間、部活を続けたこと。できなかったことを責めるのではなく、ここまでやってきたことを褒めてやればいいんじゃないか。そう思ったのだ。

「花ちゃんのことも叱らないでやってね」

笑里の目からひと筋、涙が流れる。

「……わかってるさ」

「ねぇお父さん、子供を育てるっておもしろいねぇ。赦して赦して赦して、守るのよ。それが親なんだよねぇ」

緩い白波が浮かぶ藍色の海に、船影が見えてきた。まだずっと先だが、視力の良い柴門には点のような影がはっきりと見える。

「笑里、船が来たぞ」

しだいに大きくなってくる船影に急かされ、榮門は笑里の手を取り、岬の入り口に停車しているトラックへと向かった。そういえばあの子はひどい船酔いをするのだ。花が初めて島にやって来た日のことを思い出し、大きく息を吸い込む。花が船の中で寝込んでいたら、背負って連れ帰ってやらないといけない。

「フェリーよなくに」から船着場に降り立った花は、顔を隠すように俯いていた。まさかいまこの場に榮門と笑里が迎えに来ているとは思ってもいなかったようで、互いの視線が合った瞬間から一歩も動けないでいた。だが「おかえり、花ちゃん」と笑里が駆け足で歩み寄ると、頬を引きつらせたままなんとか笑顔を見せようとする。

「船酔いしなかったか」

榮門はそれだけを口にすると、花が肩に掛けていた紺地に白い水玉模様の入ったバッグを持ってやった。花は顔を強張らせたまま、小さく頷く。笑里はそんな花の手を取り、榮門の後ろをついてきていた。変わったな、と花を見てすぐに感じた。内面のことではなく、外見が変わった。耳にかかるくらいまで伸びた髪が、染めたのだろうか紅茶のような明るい色になっている。もともと細かった体はさらに薄くなり、Ｔシャツの半袖からのぞく白い腕は、強くつかめば折れそうだった。榮門がバッグを荷台に載せると、花は笑里に促されるままに座席に乗り込んできた。三人席の真ん中には、かさ高い笑里が満面の笑みで鎮座している。榮門は運転席に乗り込み、エンジンをかける。女の持ち物のことはよくわからないが、花のバッグはずいぶん高価なものに思えた。都会の観光客が持っているような洒落たやつだ。服や持ち物に金をかけない花らしくもない。ひと月近くもの間、どこでなにをしていたのかいまここで問い詰めたくもなったが、なんとか堪《こら》える。

「花ちゃん、あんたところで、なにしてたのぉ」

笑里の直球に榮門が唖然として目を剝くと、こっちを見た花と目が合う。

「……ごめんなさい」

「あらぬんでやー。謝らなくていいよぉ。花ちゃんが前よりかいいか髪型になってるからさ、なにか素敵な出逢いでもあったのかと思って」

笑里が手を伸ばして、花の髪をくしゃりと撫でた。すると花はゆっくりと顎を上げ、恥ずかしそうな顔をする。榮門はそんな花を横目で眺めていたが、なにを考えているかはわからない。

「台風……来るんですか」

雨戸を閉めた家が多いことに気づいたのか、花が消え入りそうな声で聞いてきた。

「予報だと直撃するのは奄美《あまみ》らしいけどな。だがこっちも無傷ではいられないさ」

台風が来たら学校は休校になり、たいていの仕事は休止する。島民は家の中に閉じこもり、農作物や船や家屋に被害が出ないことを祈りながら通り過ぎていくのを待つだけだ。

「水川さんの島バナナ、大丈夫かな……」

花が窓から顔を出し、雨の匂いを嗅ぐように鼻を上に向けた。

「そうだねぇ。昨年は台風のせいで全滅したって言ってたもんね。ねぇお父さん、水川さんの牧場に寄ってみようか。馬も心配だし。手伝えることがあるかもしれないしさ。ね、花ちゃん」

花が「はい」とはっきり答えたので、榮門はハンドルを右に切った。トラックは、樹木が鬱蒼と茂る森の中の道へと入っていく。島を南北に結ぶこの道は、島内でもとくに起伏の大きな道だ。

「帰って来て早々に台風だなんて、花ちゃんもついてないねぇ」

「でもフェリーが出たから……」

「ああそうだね。石垣からのフェリーが欠航にならなかったんだから、むしろついてるかぁ」

「もし今日フェリーが欠航になってたら帰れなかったと思います。私、今日帰ろうって決めて……」

花が、自分がこれまでどこでなにをしていたのかを話し始めた。久部良港で榮門たちと再会した時から、話さなくてはいけないと決めていたのだろう。

観光客らしい二人組の女に声を掛けられたのは、花が出演したテレビ番組が放送された数日後のことだったという。民宿で配膳の手伝いをしている時に、二人連れの宿泊客が花を呼び止めた。そして二人のうちのひとりが名刺を差し出し、「テレビ観ましたよ。私たちならあなたの探しものを見つけることができます、私たちと一緒に来ませんか」と言ってきたのだ。名刺には社名が書いてあったが、なにをする会社なのかはわからなかった。花はその場で女の申し出を断り、その日はそれ以上女たちから話しかけられることもなかったのだという。

だが、その二人連れは翌日も翌々日も民宿に泊まり、花を見かけるたびに同じ言葉で説得してきた。これが自分たちの会社だとホームページを見せてきたり、花と同世代の少女たちがダンスを踊っている動画を目の前で再生した。この映像の少女たちも花と同じように探しものをしていたのだと語り、女たちは徐々に距離を縮めてきた。

「それでその人たち、何者だったの」

笑里が聞くと、花は膝の上に置いていたショルダーバッグから財布を取り出した。そして財布の中から一枚の名刺を抜き取り、笑里に渡した。

「タレント養成所。ああ、そういうことねぇ」

花に興味を持った二人組は、東京に本社がある那覇のタレント養成所のスカウトマンだった。テレビで花を見かけてアンテナに引っ掛かったのだろう。スカウトマンが女性だったので、花の警戒心も少しは緩んでいたのかもしれない。

「花ちゃん、タレントになりたかったの？」

新しい服もバッグも靴も、女たちに買ってもらったのだという。

「ううん。ただ……雑誌やテレビに出て、たくさんの人の目に留まることが大事だって。そうすれば、探しているものも見つかる。情報がたくさん集まるからって言われて。それに……」

「それに、なんだ」

「里砂子さんに『あんたはいつまでもここにいちゃいけない』って言われてるから。『いつかはここを巣立って自立しないといけない』って。『自分のように島に居ついてしまったら、社長と笑里さんもがっかりするよ』って……。でも私は高校も行ってないし、できることは民宿と牧場の手伝いだけで」

榮門社長に相談しなくてはいけない。女たちにはそう伝えたのだが「社長さんにはもうすでに話を通してあるから」と言われた。榮門社長も本当は、花が島を出ることを望んでいるのだと諭《さと》され、覚悟を決めた。

「社長の最終的な目的は、私のような子供を自立させることだって。スカウトの人たちに言われて、だからこんな自分でも働ける場所があるならと思って」

「そうだったの。花ちゃんたらそんなこと、考えなくていいのにさ」

いつまでいてもいいのにー。笑里は言いながら、さっきと同じように花の髪を撫でる。

「笑里、いますぐ名刺の番号に電話しろ。黙って子供を連れてくなんて、赦されることじゃないさ」

この一か月間どれほど心配したか。こっちは死ぬ思いで花の消息を探し回っていたというのに、電話一本寄こしはしなかった。榮門が花を連れ戻すと思って警戒したのか。花の安否を思いながら京都や東京を歩き回ったことを思い出し、榮門は腹の底から怒鳴りたい衝動にかられた。花も花だ。電話の一本くらい入れればいいものを。ひと言だけ叱りつけてやろうかと隣に目を向ければ、花はいまにも泣き出しそうな顔をしていた。その顔が、もう充分に反省していることを伝えてくる。東京で会ってきた花の両親の白けた顔が頭に浮かんだ。花はこれまでずっと、些細なことで叱られてきたのだ。存在を疎んじられ、身を縮めて生きてきたのだ。もう一生分詰《なじ》られてきたのだ。この子をこれ以上責めるわけにはいかない。榮門は喉の奥に溜まっていた怒りの言葉を、ぐっとのみ込む。

「電話掛けるのは後にしようよ。とにかく無事に帰ってきてくれたんだから、それが一番。ねえ、お父さん」

自分がずっと言いたくて言い出せなかったひと言を、笑里が事もなげに口にする。

榮門は前を向いたまま頷き、坂道を上がるためにアクセルを踏み込んだ。

小さな山を越え、トラックはまた平地へと出て行く。台風が近づいているせいか山を出たというのに辺りは暗く、風が強くなってきていた。

牧場に到着すると、思っていたとおり、水川が台風に備えて慌《あわ》ただしく働いていた。

「おい水川、大丈夫か。なんでも手伝うぞ」

榮門はトラックに積んでいた黒いゴム長靴に履き替え、軍手を嵌める。

「おう榮門さん、笑里さん。あれっ、花。おまえ戻ってきたのか」

外で遊ばせていた馬を馬小屋に連れ戻していた水川が、花を見て作業を止めた。「花」と声をかけたくせに、目を細め本物なのかと確かめている。

「ご心配をおかけしました」

肩をすくめ、消え入りそうな声で言うと、花がすぐそばにいた馬の背を撫でた。馬は花を憶えているのだろう。気持ち良さげにその身を預ける。

「お、おお。そうかそうか」

花が間違いなく本物だとわかると、水川は気をとり直したように何度も頷き、

「じゃあ花は客用の椅子を倉庫に入れてくれ。申し訳ないけど榮門さんはおれと一緒に馬を馬小屋まで引いてってもらえますか。で、笑里さんは柵《さく》の上に干してる鞍《くら》、倉庫に片付けてもらって」

とてきぱきと指示を出した。花は素早い動作で馬小屋の前に並べて置いてあったオレンジ色の椅子を、重ねていく。椅子は七脚もあったがプラスチック製なので軽いのか、花はたったの二往復で椅子を倉庫へ運び、鞍を運ぶ手伝いを始める。白い柵に干されていた鞍はかなり重いので、これは重ねたりはせずに一つ一つ、丁寧な動作で倉庫へ運んでいた。

「花、どこ行ってたの」

馬を引いていると、水川が榮門の耳元でぼそりと聞いてきた。

「那覇のタレント養成所だ」

「タレント養成所？　なんでまた」

「島にスカウトの女が来て、それについていったらしい」

「スカウトねぇ」

水川が口を半開きにしたまま腰を伸ばし、花のほうに目を向ける。頭に巻いた白いタオルに手をやり、なにか言いたげな顔をしている。花は水川の視線に気づかないまま、青い

ペンキが塗られたリヤカーで二、三個の鞍をまとめて運んでいた。

「それより水川。おまえ、島バナナのほうは平気なのか」

「それなら大丈夫です。八月に出荷しましたから」

島で果樹園を営む人間はごく少数だ。サトウキビ畑や他の穀物に比べて、果実は台風に弱い。弱いというより、台風に直撃されればその年の収入はゼロになるので、果実に手を出す農家は限られていた。水川には牧場があり、繁忙期には観光客に与那国馬の乗馬をさせることで稼ぎがあるために、果樹園との両立が成功している。

牧場にいる十二頭の馬をすべて馬小屋に入れてしまうと、水川はボロ掃除を始めた。馬が十二頭もいれば、牧場は泥だらけならぬ馬糞だらけである。

「ありがとうございます。あとはもうおれひとりでできますから」

竹箒《たけぼうき》でボロをかき集めながら、水川が「降り出す前に戻ってくださいよ」と言ってくる。だが花は、頼まれたわけでもないのに、乾燥草を馬小屋へと運び始めた。もし暴風雨になったら屋外に出ることができないかもしれず、それに備えて餌《えさ》を多めに馬小屋内に運んでおこうというのだろう。

「花、悪いな」

「水も運びますか」

「おお。サンキュー」

乾燥草を運び終えた花は、両手にバケツを持って水川の軽トラに近づいていく。この辺り一帯は水道が引かれていないので、水はすべて軽トラの荷台に載せてあるタンクから汲み出さなくてはいけない。

「見かけはちょっと変わったけど、中身は花ちゃんのままだねぇ。よく働く子だよ」

鞍をほんの数個運んだだけだというのに、笑里の額から汗が滴り落ちていた。

「当たり前だろ。たった一か月でなにが変わるってんだよ」

斜めから吹きつけてくる風はいよいよ強くなり、湿った空気が辺りを満たした。あと一、二時間もすれば、島ごと吹き飛ばされるかと慄《おのの》くほどの暴風が、上空を吹き荒れるはずだ。しばらくは製糖工場もストップしなくてはいけない。その間は体を休めることができるので、台風を喜ぶ従業員もいるに違いないが。

「ああ、ちょうど降ってきましたね。ほんと助かりました」

頭に被っていた白いタオルを外し、水川が雲に覆われた暗い空を見上げた。

「いいよ、こんな時は助け合いだからね」

笑里が楽門の代わりにそう口にしたので、隣で頷いておく。

「それよりおまえはどうするの。いまから比川《ひかわ》の家に戻んの？」

水川は牧場に住んでいるわけではなく、牧場から車で五分ほど離れた比川浜のすぐ近くに自宅があった。いまは独身だが結婚していた時期もあり、その際に建てた家だ。もうすっかり島に馴染んでいる水川だがもともとは島外からの移住者で、嫁だった女も関西の出身だったと聞く。

「おれはいまから南牧場見て来ます」

「いまから行くってか」

「道路で立往生してる馬がいたら、連れ戻してやんないと」

南牧場は、その名の通り島の南端にある牧場だった。久部良集落のある西崎から、島の南にあたる比川集落に続くおよそ四キロほどの道路で南牧場の馬が放し飼いにされている。馬がそれより先に進んでいかないのは、道路の両端にテキサスゲートが設置されているからだ。テキサスゲートは格子状になったコンクリートでできており、これを道路に埋め込むことで、馬が怖がってそれ以上は前に足を出せない。

「ひとりで大丈夫か」

「いけますよ。人手が足りてたらおれもすぐ戻りますし」

言いながら水川が牧場で飼っている犬を、軽トラの荷台に乗せた。嫁がいなくなってからはこのメグという名の犬が、水川といつも一緒にいる。榮門を見ても尻尾も振らないくせに花にはなついていて、さっきまでずっと後をついて回っていた。

「じゃあな。おれらは行くぞ」

「はい。榮門さん、笑里さん、ありがとうございました。花も、サンキューな」

「横風に気をつけろ。海には絶対に近づくなよ」

水川と手を振って別れる頃には、草や葉だけではなく樹木の幹まで揺れていた。今回の台風は、おそらくなにかしらの爪痕を島に残していくだろう。そう直感する。島で七十年も暮らせば、風の吹き方や海の荒れ方でたいていのことはわかるものだ。雨風がこれ以上強くなる前に、自分たちも家に戻らなくてはいけない。榮門はアクセルを踏み込むと、山間を貫く真っ暗な道を引き返した。


家の前の空き地にトラックを入れると、突風でも吹いたかのように寮の扉が開いた。中から飛び出してきたのは里砂子で、

「社長、花は！」

と、まだ停まりきっていない車に駆け寄ってきた。「こら危ないだろっ」と怒鳴る榮門のことなど見えていないらしく、勝手に助手席のドアを開け、「花、あんた、いいかげんにしなよっ」と鬼の形相《ぎょうそう》で花を睨みつけている。「バカかあんたは」「どこ行ってたんだ」

「心配させやがって」。里砂子にこっぴどく叱られ、花がしょんぼりと萎れる。

「まあまあ、里砂子ちゃん。雨も降ってるし、中でゆっくり話そうよ。いま水川さんの牧場手伝ってきたからさ、疲れてんのよ」

「なんでそんなとこ寄っててんですか。社長たちの帰りがえらく遅いから、松田さんが見間違えたのかもって、こっちはいらない心配してたんですよ」

花を想う里砂子の優しさが、その棘々《とげとげ》しい声には混じっていた。

一歩家の中に入れば、里砂子が台風に備えて窓を内側から木の板で塞いでくれていた。駐車場の端に置いてある花の自転車は、雨風がかからない軒下に移動してある。いつもは庭に出しっぱなしにしてある物干し竿《ざお》も、床下に避難してあった。

「で、あんたの探してるものはそこにあったの？」

棘が抜けないままの声で里砂子がそう聞いたのは、花がこの一か月間の出来事を話し終えた直後だった。

「……なかった」

「だったら、なんでもっと早く帰って来ないかなぁ。監禁されてたわけでもないんでしょうが」

花が仮入所していたタレント養成所は会社組織で、榮門が懸念していたほど怪《あや》しげなものではなかった。ホームページには養成所出身のタレントの名が連ねてあったが、芸能人に疎い榮門ですら知る名前の者ばかりだ。大手のタレント養成所のスカウトマンに声を掛けられたのだから、本来は喜ばしいことなのだろう。歌手や女優を夢見る少女であれば、人生の転機になったに違いない。花は合宿所である会社が借り上げているマンションの一室を与えられ、必要な日用品なども支給してもらっていたという。

「なんで黙ってるのよ。聞いてるでしょ。なんであんた、島を出たきり連絡もしてこなかったの」

客間で菓子を食べ、冷たい麦茶を飲んでいる間もずっと、里砂子は花を詰り続けた。だが笑里も榮門も、そんな里砂子を止めることはしなかった。なぜなら花に再会してからずっと、里砂子が泣いていたからだ。涙が止まらないほど誰かを心配することも、心配されることも、人生には必要な経験に違いない。

「向こうでは合宿所に入ってたから、連絡できなかったの。私、携帯持ってないし。他の子も取り上げられてて」

「電話がなかったから、掛けてこなかったってこと? 呆れた。子供じゃないんだから他に方法があるでしょう。合宿所だかなんだか知らないけど、そこから出て公衆電話を探すとか」

「お金……ほとんど持たずに出てきちゃったから」

「じゃあ一か月もどうしてたの。無一文でやってたってわけ」

「必要なものはマネージャーさんが買ってくれて」

「マネージャー？　あんたにそんなのがいたの？　はん、もう雲の上の人だねぇ」

花が質問に答えるたびに怒るくせに、里砂子は問い掛けをやめなかった。榮門は途中からそろそろ止めに入ろうかと思っていたが、兄弟喧嘩には慣れている笑里は、さほど気にもせず二人のやりとりを眺めている。

「とにかくなんでもっと早く帰ってこなかったのよ」

「合宿所が山の中にあって、どうすれば町まで行けるかわからなくて。フェリー代もないし」

「マネージャーさんに貸してくれ、って頼めばいいでしょうが」

「いろいろ買ってもらってたから言いづらくて……。それに、研究生はオーディションに受かるまでは合宿所から出られないんだよ。だから養成所の先輩に思いきってお金借りて、タクシーも呼んでもらって、それでやっと外に行けたの」

オーディションに受かって仕事が入れば、給料がもらえると聞いていた。オーディションに受かったらそのお金で一度島に戻るつもりでいた。だが結局、受からなかったのだと花が肩をすくめる。

「で、何回受けたの」

「六回」

「それ全部落ちたの？」

「うん。全部落ちた」

ははは、ダサー。大口を開けて笑うと、里砂子がふっと肩の力を抜いた。花を責め立てるのはここまでにしよう。里砂子が線を引いたのだということがわかる笑顔だった。

「水川さんてさぁ」

笑里が明るい声で割って入る。

「もともとは都会の総合病院で働いてたんだよ。ねぇお父さん」

「なんです？　なんでいま水川さんの話なんですか」

里砂子が頬を伝う涙を手の甲で拭いながら、唇を尖らす。笑里はそんな里砂子に笑いかけながら、得意げに話し始める。

水川がまだ島に住み始めて間もない頃、彼は桊門が営む製糖工場で働いていた。初めは観光客として一度島に来て、島が気に入ったのか二度、三度と訪れ、いつしか言葉を交わすようになっていたのだ。「この島でずっと暮らせたら」と顔を合わせるたびに口にしていた水川に、「うちで働いてみるか」と声を掛けたのは榮門だった。

普段の榮門なら、そんなことを言ったりはしない。島をふらりと訪れる者の中には定職に就かず旅を生きる目的としているバックパッカーも多く、そうした旅人は自分とは価値観の違う人間だと一線を引いていたからだ。住処《すみか》を転々として生きる者は、時として地に根付く者を憐《あわ》れむ。だが水川には、そうした旅慣れた者が無意識に放つ驕《おご》りがなかった。島や島の住民に敬意を払い、観光客でありながら搾取だけして帰るわけにはいかないと、どこか気後れしているような謙虚さがあった。

「水川さんね、ここに来る前は管理栄養士をしてたんだよ。入院病床が千床以上もある大きな病院で。それでね、毎日千人もの患者の病院食を作ってたんだよ。必死に献立を考え、カロリーを計算し、形状が変わっても味を良くするための研究をして。この患者は五分粥《ごぶがゆ》、この患者はトロトロにしたミキサー食って具合に、病状に合わせて細かい指示を守ってね。千人の入院患者が朝、昼、晩と食べるとして一日三千食は作ってたことになるね、単純に計算すると。それがね、みんな口を揃えて『味が薄い』だの『まずい』だの文句言って残すんだって。中には『家畜の餌』ってアンケート用紙に書いてくる患者もいたって。もちろん完食してくれる患者だってたくさんいたはずよ。でもかなりの割合で『まずい』って声を聞かされるんだって。でね、一日三回、大量の食べ残しを毎日廃棄しているうちに、水川さん、ある日なにを食べても味がわからなくなってしまったのさ。じきに匂いもしなくなったって。心を込めて作った料理を、作ったその手でゴミ箱に捨てていく。毎日毎日来る日も来る日もそういうことをするのが虚しくて、頭と心がどうかしちゃったんだって」

笑里の話は、いったいどこへ着地するのか。花も里砂子も窺うように、だが真剣な目つきで話の先を促している。

「水川さんも、この島に探しものをしにきてたんだよ。ねぇお父さん」

「そうだったか」

「そうよぉ。それで見つけたのが、与那国馬だったんだよ」

与那国馬は、昔から貴重な家畜として島で飼われてきた。蹄《ひづめ》が硬いので蹄鉄をつける必要もなく、小型馬でありながら重い荷物を背中に載せてもびくともしない。性質はいたって温順。体は強靱で粗食にも耐える。馬車や畑を耕すための鍬《くわ》を引き続けてきた与那国馬に、水川は人生を懸けてみたくなったのだという。

「与那国馬が一心に草を食《は》む姿を見ていると、空っぽになっていた体に瑞々《みずみず》しい力が湧いてきたって。前に水川さん、そう言ってたよ。ね、お父さん」

「そうだな。心の海が干からびる前にここに移住したって、そういえばたしかそんなこと言ってたな」

「まあちょっと話は違うかもしれないけど、私が言いたかったのはさ、花ちゃんの探しものも、いつか必ず見つかるって話だよぉ。すごく大事なものだから、なかなか見つからないだけよ」

笑里に言われ、花がほっとした顔で微笑む。その笑顔は明るい色の小花がいっせいに咲いたように愛らしい。

花の笑顔が呼び寄せたかのように、事務所のほうから人の声が聞こえてきた。こんな大雨の中、いったい誰が来たのか。

「あたし出てくる」

里砂子が客間を出て、スリッパを引っ掛け事務所に向かう。里砂子が部屋から出ていくと、急に辺りがしんと静まった。妙に胸騒ぎのする沈黙に耐えきれず、榮門も立ち上がり事務所へ向かう。ドアを開けると里砂子の声が耳に入ってきた。

「社長、悦子さん」

唇を引き結び、里砂子が振り返る。

「悦子？　どうしたんだ」

今日の船で花が戻ってくるかもしれないことは、誰にも漏らしていないはずだった。騒ぎにでもなったら、花が帰りづらくなる。

「武っさん」

「なんだ、どうした」

「花ちゃん、いる？」

悦子が事務所の中を覗き込んでくる。

「なんなんだ、おまえは突然。なんで知って」

悦子が、榮門のわきをすり抜け事務所の中に入ってくる。何事かと驚いて振り返れば、事務所に顔を出した花に駆け寄り、その細い体を抱きしめていた。

「よかったよー。花ちゃん帰ってきたんだね。ほんとよかったよー」

うたた寝をしていたら夢を見たのだ、と悦子が話す。まだ幼い花が、泣きじゃくりながら山道を歩いている夢だった。夢の中の花はすっかり日の落ちた空を見上げ、大声で誰かの名前を呼んでいた。その声があまりに切なく悲しそうで、花になにか起こったのではないかと心配になったのだと悦子は肩を震わせた。

「よかった、無事で。ほんとに、よかったよ」

悦子に強く抱きつかれたまま、花が自分の両腕をそっと悦子の背中に回した。

「悦子さん、心配かけてごめんね」

「うんうん。心配したんだよ。あたしも笑里さんも、泣き出したいほど心配したさ。武っさんなんて、あんたを探して京都行って、東京行って、歩き回ってたんだよ」

「もうこんなことは……二度としません」

「当たり前よ、しないでー。あんたはもう島の子供だよ。あたしたちみんなの子供なんだからね」

叱られているのに、花はどこか嬉しそうに頷き、下を向いた。


花と里砂子が寮の部屋に戻ってからも、悦子はまだ榮門の家にいた。

花が無事に帰ってきた祝いに「久しぶりにゆんたくしよう」と笑里が言い出し、三人で酒盛りをした。悦子が、東京に行った榮門の話を聞きたがったので、花酒を舐めながら話してやった。花の父親とその再婚相手に会って来たこと。須藤が受けた催眠療法に驚かされたこと。催眠療法を使って花の探しているものを見つけたらどうかと勧められたことなどを、悦子は身を乗り出して聞いていた。

「それで、須藤さんたちと、花が迷い込んだという山に登ってから帰って来たんだ」

「ああ……その山、山道が曲がりくねった、そうは高くない山でしょう」

錆びついた鉄の扉があって、その重い門扉を押し開けると山道に続いている。山道といっても下草が膝下辺りまで伸びた、踏み跡のような狭い道で、登山者の姿などほとんど見られない山。

「なんだ悦子、おまえなんで知ってんだ」

「さっき言ったでしょう、夢で見たって。いまよりもっと小さな花ちゃんが、山を歩いていたのさ」

「相変わらず、おまえは……おかしなことを言い出すな」

榮門は悦子の横顔を不思議な気持ちで眺めながら、六十年も昔のことを思い出す。

あれは、榮門たちがまだほんの子供の頃の話だ。悦子は時々、一心不乱に折り紙を始めることがあった。小学校の休み時間や、放課後、時には登下校の最中に道路に這いつくばって、憑かれたかのように色紙を折るのだ。おしゃべりで活発な悦子は、普段はたいてい外遊びをしていた。だがそんな彼女が誰とも話さず、時を惜しむかのように折り紙をしているのが奇妙で、榮門たち男子は「ふらーなにしてる」とからかったものだ。

だがそのうちに、榮門をはじめ周りの子供も大人もみんな、悦子が折り紙をする理由がわかるようになった。

悦子は祭壇に供えるために、色紙で花を作っていたのだ。島には葬儀屋がない。だから葬式もみな島民の手によって執り行われる。葬式用の生花などもないために、葬式で飾られる花はすべて、島の女子供で作った手製のものだった。悦子は人の死期を予見し、誰よりも早く花を折り始めていた。子供のやることだ。てらいはなかっただろう。心を込めて葬式の花を折っていただけだ。悦子にとって、死者のために花の準備をしておくことは、なにひとつ不吉なことではなかっただろうから。

高校に上がる時、悦子は家族とともに島を離れた。悦子の能力を禍々《まがまが》しいものとして捉える者が、島には少なからずいたからだった。特にその当時の町長は悦子のそうした力を忌み嫌い、あるいは恐れ、農業を営んでいた悦子の家族を冷遇するようになっていた。

「ねえ武っさん、笑里さん」

「なんだ」

「花ちゃんには催眠療法は、必要ないよ」

もうずいぶん飲んだだろうに、蒼白のままの顔色で悦子が口端を持ち上げる。細めた目の焦点はどこにも結ばれていない。

「悦子、それどういうことだ」

「山に行けばいいよ」

「山？」

「うん、そうだよ。武っさんが東京で登ってきた山。九年前に花ちゃんが迷い込んだ山。

その山に花ちゃんを連れて行ってやってよ」

「なんにもない山だ。そんな場所にわざわざ花を連れて行く必要があるのか」

「夢見たって言ったでしょう。花ちゃんが山の中を歩いている夢だよ。花ちゃん、ひとりじゃなかった。花ちゃんの中に、もうひとり女の子がいたんだよ。かいいか女の子が、花ちゃんに重なって視えたんだよ」

笑里が首を傾げて榮門を見つめてくる。悦子の言う通りにしなさいよ、とその顔が言っていた。

14

借りたミニバンを運転して待ち合わせの東京駅に行くと、約束の十五分前にもかかわらず黒田が立っているのが見えた。止んだと思っていた雨がまた降り出し、パーカのフードで頭をすっぽりと覆っている。

「おはよう」

「おお周二。おはようさん」

黒田が片手を挙げ、笑顔を見せる。

「こんな朝っぱらから山登りにつき合わせて悪いな。寝てないんだろ？　隈《くま》ができてる」

「いや、かまへんよ。おれも乗りかかった船や。ほんまはおまえみたいに昨日のうちに来てればよかったんやけどな」

「いや、忙しい時に邪魔してるのはこっちだよ」

背負っていたリュックを後部座席に置き、黒田が助手席に乗り込んでくる。

「榮門さんと花さんは？　何時に迎えに行くんや」

「二人は昨夜のうちにもう着いてるはずだよ。永井先生という人と一緒に、現地に直接来るって」

「そうか」

黒田は頷くと、膝の上に紙を広げた。紙には黒田直筆の山の絵が描かれ、登山ルートらしき線が引かれている。

——花が島に戻ってきました。ご迷惑をおかけして、本当に申し訳ありませんでした。

榮門からそんな連絡が来たのは、いまから十日前のことだった。詳しい事情は聞かなかったが、事故や事件に巻き込まれたわけではなかったことに心底安堵し、夏美や黒田にも花の無事を伝えた。

そしてその二日後、今度は電話ではなく榮門から手紙が届いた。

手紙の内容は、花と一緒に、もう一度あの山に登りたいというものだった。できれば花に、美羽が埋められていた現場を見せてやってほしい。もしかすると花は美羽に呼ばれているのかもしれない。そうしたことが書かれていた。

「朝一番の新幹線で来たのか」

周二は車で夏美のマンションに向かいながら、黒田に聞いた。

「そうや。昨日は研究室に泊まったんや」

「急ぎの課題があったのか」

「いや、AEA経験者の先輩が研究室に来てたから」

「AEA？　あぁ、アメリカ経済学会か……。やっぱりアメリカに留学するって決めたんだな」

「一度日本を離れてみるんも人生経験や。昨日はその先輩にいろいろなアドバイスもろてたら遅なったんや。人のいい先輩やったから、親身になってくれはってな。二人で話し込んでて、気がついたら日付が変わってた。それにしてもやっぱり東京は、人が多いなあ。いくら観光客が増えた言うても、京都の比やないで」

欠伸をかみ殺し、黒田が窓の外へと視線を向ける。海外留学を前に多忙を極めている黒田を、これ以上巻き込んではいけないという気持ちはある。だが今回の登山も自分ひとりではとてもじゃないが対処しきれないと思い、黒田を頼った。

「どうなんだ、ＡＥＡの手応えは」

「手応えいわれてもなぁ。ライバル多しやから、神のみぞ知るやな。あ、おれの場合は仏のみぞ知る、か。最近は毎日研究発表の準備してるわ」

「そうか。おまえなら受かるよ、きっと」

「おおきに。それよりもう一度、榮門さんの手紙読ませてくれへんか」

黒田に言われ、周二は後部座席に置いてあるトートバッグを取ってくれるよう頼んだ。バッグの中に榮門から届いた厚みのある角封筒が入っている。手紙は便箋用紙五枚にもおよび、その中に花を連れて再び山に登ろうと思ったいきさつが綴ってあった。

手紙を読み終えると、細く長い指で便箋を折り畳み、

「この手紙に書いてある、ユタを生業にしてた女性というのは、周二も知ってる人なんか」

と黒田が聞いてきた。

「ああ、島で民宿を営む女将さんだよ。おれと夏美が泊まった民宿だ」

「そうかぁ。その人が、花ちゃんを山に連れて行けと言うてはるんやな」

黒田と話をしながら、周二はすうやふがらさの女将のことを思い出していた。会った時

から、人の心を見透かすような不思議な目をしていると思ってはいたが、ユタだったとは考えもしなかった。

「でもな黒田、僕には榮門さんが、ユタのお告げに従うということが不思議なんだ。実際のところユタってどうなんだろうか」

「なんや、実際のところて」

「本当に、霊的な力があるのかな」

「ある人もおるし、ない人もおるやろ。でも沖縄には昔から医者半分ユタ半分という言葉があるらしい。ユタのお告げが絶対やった時代もあるんや。それより周二、おまえ、与那国島の葬式ってどういうもんか知ってるか」

「え、知らないけど」

「おれも本で読んだだけで、そう詳しくはないんやけどな」

与那国島では、人が亡くなると遺体を赤い柩《ひつぎ》に入れ、墓場まで運ぶのだと黒田が教えてくれる。柩には魔物が入ってこないように魔除けの布がかけられ、島の男たち数人で墓場まで担いでいくのだと。

「周二おまえ、与那国島に行った時に、浦野墓地は見てこんかったんか」

「夏美が、墓はさすがにやめておこうって」

「それはもったいない話やな。島の墓はな、巨大な亀の甲羅のような形をしているらしいんや。岩盤をくり抜いて造られていて、大きなものでは八畳ほどの敷地があるそうや。ご遺体はその穴の中へと納められる」

周二は祖納地区を通る県道216号線を思い浮かべ、その道が二手に分かれていたことを思い出した。ナンタ浜の手前辺りで左へ行けば浦野墓地、ほぼ道なりに右へ進めば祖納集落へと入っていく。左に行けばおそらく、いま黒田が口にしたような景色が広がっていたのだろう。

「それでな、おれが興味を持ったんはここからの話や。この島ではご遺体を納棺の七年後に一度、墓から取り出すんやて」

「取り出すって言っても、白骨化してるんじゃないのか」

「もちろんそうや。取り出された骨は、島の女たちが蒸留酒で洗い清めるらしい。いわゆる洗骨やな。そのためにあの島の酒蔵では六十度のアルコール、花酒がいまでも製造されているそうや。与那国島以外では造ることを禁じられている、度数の高い酒をな。それで最後は花酒を遺骨にかけて火をつけるんや。遺灰は壺に入れて墓の中に再び納められる」

島には盆と正月に墓の前で宴会をする風習が残っているのだと黒田は話し、狭い敷地に卒塔婆《そとば》が立ち並ぶ京都の墓より居心地が良さそうだと笑った。

「だからかもしれんで、周二」

「なにが？」

「島の墓がそこまで大きいのは、あの世にいる死者の家と考えられてるからや。榮門さんにはもともと、非現実的な世界を受け入れる素地ができてるんや」

花が美羽に呼ばれている――。そんなふうに考えられるのは、榮門に目に見えないことへの理解があったからに違いない。そんなことを言いながら、黒田が窓の外に目を向ける。

「それにしても、どうしてこんなことになったんだろう」

「なにがや」

「不思議だと思わないか。おれが与那国に行って、そこで久遠花に会った。そこまでは本当にただの偶然かもしれない。でもそこから彼女が失踪したり、榮門さんが京都に訪ねて来たり。おれが催眠療法を受けたことにしても、一連のこうした出来事が重なったからだろう？」

「わからんのか、周二」

「え、なにが……」

「前にも言うたやろ。全部、流れや。なにか一つのことにたどり着く流れが、いま来てるいうことや。この九年間、夏がくるたびにおまえが調子を崩すんも、おれと知り合ったんも、夏美さんという恋人ができたことも、日本の最西端の島で久遠花という少女と出逢ったことも、ある一つの海に出ていくための小さな川の流れなんや。おまえにとって、止めるわけにはいかん流れなんやろう」

その流れを無視すると、川は氾濫するか澱《よど》むかして、本来いきつくべき海にはたどり着けないものなのだと、黒田が話す。それは誰の人生にも一度は訪れる避けようのない、言い方を変えれば運命だ。そういう流れが訪れた時は逃げるでも抗うでもなく、流れに沿ってゆくしかない。

「よくわからないな。第一、流れが来てるなんてこと、普通は気づかないだろう」

「まあ、普通の人には視えんやろな。でもな周二、この世には流れを視ることだけで生活を営んでいる人がいてるんや。その民宿の女将さんがそうなんかは知らんけど、先が視える人間はほんまにいてる。京都にもいてはるよ」

「へえ……京都にもそんな人がいるのか」

「京都は奥行きのある土地や。いろんな力を持った人が普通の顔して暮らしてる。おれも小さい頃に一度だけ、父親に連れられて逢《お》うたことがある。あんた、坊さんになりとうないんやな、って顔を合わせてすぐ言われたわ。そんなことまだ誰にも打ち明けたこともないし、自分自身ですらようわからんかった小学生の頃の話や。あとその人はこうも言わはった。時期はいつでもええからあんたは僧侶にならなあかん、あんたの前の御霊《みたま》さんは京都の僧侶やったんやで、って」

「前の御霊？」

「前世のことや。おれの前世は明治維新の時に寺領や建物を接収されて、それを無念に思いながら死んでいった僧侶らしい。塔頭《たっちゅう》もろとも政府に統廃合されていった、京都の寺院にとっては不毛な世が、前世のおれが生きた時代やと」

「前世なんて知ってどうするんだ」

「人は前世でやり残したことを遂げるために、また現世に還ってくる。人の前世を視る人は、それを教えるために存在するんや」

ほんまもんの人の名前は、表には出てこん。表に出ていかんでも向こうから頼みにくる。そういう力を持った人間が、少なからず存在するのだと黒田が話す。

「でも特別な能力がなくとも、誰しも自分の流れに沿う力はあるんや。いま自分の周りにどんな人がいるか。出逢った人の魂をしっかりと視てたら、流れを見失わずにすむ」

黒田の話を聞きながら、周二は昨夜のことを思い出していた。

昨夜、周二は夏美から別れを切り出されたのだった。あまりに突然だったので、初めは冗談かと思った。だが話をするうちに夏美が本気だとわかり、なにも言えなくなった。

「実は、夏美に別れようって言われたんだ」

「なんでや、急に」

黒田が驚いた顔をしたので、とりあえずほっとする。周二に切り出すよりも先に、黒田に相談しているかと思っていた。

「こっちが聞きたいよ」

周二がどうして別れたいのかを問うと、夏美は「うん」と頷いたきり黙り込んでしまった。

花にのめり込んでいく自分を、夏美が複雑な気持ちで見ていたことは気づいている。今回の登山にしても、自分がここまでする理由をうまくは説明できない。でも夏美が不安に思うような感情を花には持っていないことは、何度も話したはずだった。

「どうすんねん、おまえ。夏美さん以外におまえを好きになってくれる人なんて、そうそうおらんぞ」

「失礼なやつだな」

「ほんまのことや。おまえかなり偏屈やし、勉強はできるけど遊びは知らんし、サービス精神はあらへんし。関西弁で言うところのしんきくさいやつやから」

「……関西弁で言わなくていいよ」

「夏美さんは、おまえのどこがよかったんやろなあ」

黒田に言われ、それもそうだなと思ってしまう。出逢った時から、なぜ夏美が自分を選んだのかをいつも疑問に感じていた。

出逢った頃、夏美は周二の指導教官に頼まれ、研究室のホームページを作っていた。その期間は頻繁に京都に来ていて、研究室にも出入りしていた。

ある日の夜、周二が研究室にひとり残り、教官に頼まれた仕事をしている時のことだった。

「まだ勉強ですか」

夏美が灯りの落ちた部屋にやって来て、周二のパソコンを覗き込んだ。パワーポイントで映し出す資料を作っていたので、「雑用ですよ」と周二は答えた。すると夏美はどこからか椅子を持ってきて、「須藤さんて、いつも雑用やってますね」と周二の隣に座った。

「これ全部、パワーポイント用に作成するんですか」

机の上に重ねてあった資料の束を手に取り、夏美はまた聞いてきた。正直なところ、話す時間も惜しいほどだった。翌朝十時開始の講習会までに、仕上げなくてはいけなかったのだ。

周二は画面に向かったまま、「そうです」と答え、キーボードを叩き続けた。早くどこかに行ってくれないかな。そんなことを考えていたと思う。

しばらく黙って作業を見つめていた夏美が、自分のバッグからノートパソコンを取り出した時は何事かと思った。

「じゃあ手伝いますね」

と手を伸ばし、資料の束を半分持って、隣の机に置いたのだ。周二が慌てて断ると、「いいからいいから」と笑い、周二よりもはるかに器用な手つきでプログラムを打ち込んでいった。

「やった。間に合いましたね」

明け方、周二に向かって微笑んだ、あの時の夏美の笑顔はいまも忘れられない。前髪をピンで留めた顔はいつもの大人びた風ではなく、学生のように可愛らしかった。講習会が始まる十五分前に、周二は出来上がった資料を教官に渡しに行った。夏美にお礼を言おうと研究室まで走って戻ると、もうそこに夏美はいなかった。周二の机の上に缶コーヒーとサンドウィッチが置いてあった。

その後、夏美は何度か間を置いて連絡をしてくるようになり、いつしかつき合うようになったけれど、当時のお礼を自分はまだ言えていない。好きだという言葉すら口にしないまま、夏美から別れを切り出されてしまった。

「黒田、おまえの言う通りだ。夏美がおれとつき合ってたことが、いま思えばおかしいんだ」

「そう言うなって」

「おまえが言い始めたんだろうが」

「これもひとつの流れやと思え」

「また流れで片付けるのか」

「ほな聞くけど、おまえは夏美さんのこと、この先どうするつもりやったんや。卒院したら結婚するつもりでいたんか。結婚して二人で生きていくつもりでいたんか」

「そこまでは……考えてはないな。就職するかもまだわからないし」

「そうやろ。おまえが考えてるんはその程度や。つまり夏美さんとおまえには、別々の流れがあるということや。夏美さんもそのことに気づかはったんやろ。相手は五歳年上の大人の女の人なんや。それなりの考えと覚悟を持って決断しはったんやとおれは思うぞ。受け入れるのも優しさや」

腹立たしかったけれど言い返すこともせず、周二は黙って運転を続けた。マンションでは夏美が待っているはずだった。別れても、花のことだけは責任を持って協力したいのだと夏美は言った。花に出逢って変わっていく周二を、一番近しい知人として最後まで見届けたいのだ、と。

15

現地近くの駅で待ち合わせていた榮門と花、そして永井をミニバンに乗せて、周二たちは再び山にやって来た。

山の麓の空き地にミニバンを停めると、夏美、黒田、花、永井の順で車を降りていく。つい一時間ほど前まで降り続いていた雨のせいか山肌の緑が鮮やかに光って見え、まるで周二たちの再来を待ち望んでいるようだった。

「榮門さん？　どうかされましたか。着きましたよ」

「あ、ああ。すみません」

榮門は車の中に最後まで残り、しばらく窓から山を見上げていたが、やがて覚悟を決めたように外に出た。

「ここが仰ってた山ですか。ほう……たしかに、ティンダバナに似てますね」

他の五人が登山用の装いをしている中、ひとりだけ海老茶色の背広を着た永井がしみじみと口にする。独り言のような永井の呟きに、

「そういえばそうですな。山の途中までは山肌にびっしり樹木が生い茂ってるのに、頂上に近づくにつれて岩肌が剝き出しになってる。この山をひと回り小さくすればティンダバナそのものだ。そう思わないか、花」

と榮門が返し、花を振り返る。花は青ざめた顔を山側に向け、唇を結んだまま頷いている。

「じゃあさっそく行きましょか、雨が降らんうちに。そういえば前登った時も雨やったなぁ」

黒田が促すと、みんながいっせいに山への入り口に向かって歩き出した。雨はいったん降り止んではいたが、今日の天気予報は一日中雨マークだ。

「先生、行ってきます」

ひとりだけ車に残る永井のほうを見て、花が手を振る。永井は「自分も一緒に現場まで行きます」と直前まで言い張っていたが、「先生には、緊急事態に備えて車で待機してもらいたい」と説得し、車に残ってもらった。その判断が正しかったと感じたのは、山道を歩き始めて三十分ほどが経った頃だった。また雨が降り出してきたのだ。まだ細い雨ではあったけれど、黒田がみんなに声をかけ、背負っているリュックから防寒具を取り出させた。

「低い山やからって油断したらあかんで。標高千メートルほどの山でも、命を落とす人はおるんやから」

先頭を歩く黒田は適当な距離を進むといったん立ち止まり、休息を兼ねて山登りにおける注意事項を伝えてくる。おそらくこの数日間で登山に関する本を読み漁ったのだろう。山岳ガイド顔負けの知識で、登山の心得を説いてくる。花は緊張しているのか、顔を合わせた時からほとんど無言で、榮門にしても必要なことしか話さない。夏美はいつもと変わらず軽口を叩いてはいるが、自分から目を合わせてくることはほとんどなかった。

「前に登った時はここで引き返したんや。憶えてるか、あの岩」

黒田が足を止めて、振り返る。指さす先に、山肌から岩が庇のように飛び出した場所が見えた。

「ここから先は未知の世界や。滑らんようにゆっくり歩きましょか」

勾配のきつい山道を過ぎると、岩が目立ち始めた。周二は自分の息が上がっていることに気づき、花が心配になって後ろを振り返る。だが花はさほど辛そうでもなく、淡々と歩いていた。民宿の手伝いをしたり、牧場で馬の世話をしたりと普段から体を動かしているからだろうか。華奢な体格とは反対に、その足取りは力強い。一方自分は山道を登っていくにつれてきつくなる傾斜に、足を滑らせそうになる。

「うわっ」

バランスを崩してずり落ちたところを、柔らかな力が背中を押し戻してきた。肩越しに振り返ると花が両手を伸ばし、周二の体を受け止めようとしている。

「あっ、ごめんっ」

よろけながら足を滑らす周二の様子に、花が笑いをこらえる。

「これ使いますか」

杖代わりに、と花が手に持っていた枝木を手渡してきた。

「ありがとう」

枝木を受け取り、尖った部分で土を穿《うが》つようにしてまた足を前に出す。ふがいないが、たしかに少しは楽に歩ける気がする。

それからさらに三十分ほど進んだだろうか。黒田が山道を逸れて雑木林の中へ入っていく。以前来た時と景色が違って見えるのは、落葉樹が葉を散らし始めたからだ。枯れた雑草を分け入って進んでいけば林が途切れ、荒れた平地が広がっていた。

「ここやと思うんやけどな。調べたところでは、この山にある沼はこの場所だけやから」

草に埋もれてわからなかったが、黒田に言われて前に進めば、目の前に深緑色の沼が現れた。さほど大きくはない。沼の水深が深く思えるのは、高い木立の陰になり光が当たらないせいだろう。

「おれが調べたところでは、美羽さんの遺体はこの沼の縁に埋められていたようです」

黒田が伝えると、榮門は、

「こんなところに八年間も……。可哀そうに」

と、さもやりきれないといった表情で首を振り、水面に視線を移した。

「犯人がここに遺体を埋めたのは、土が柔らかくて掘り起こしやすかったからやと思います。山道からは外れてるし、めったなことで人が入ってくる場所でもないから」

沼の周囲はぬかるんでいて、濁った水から泥の生臭さが漂ってくる。

黒田は前方を塞ぐ背丈のある雑草を手で折りながら、沼のほとりまで進んでいった。沼の右手には苔《こけ》がびっしりと生えた大きな岩があり、朽ちた倒木が寄りかかっている。黒田がその倒木の上に背負っていたリュックを下ろし、中から四角い箱と数珠を取り出す。

四角い箱の中身は、線香だった。黒田は慣れた手つきでマッチを擦り、線香に火を点けた。煙が立ち始めると線香を岩のそばに立て、合掌する。黒檀《こくたん》の数珠を握りしめた黒田の低い声が読経を響かせ、榮門と夏美もその場で目を閉じ手を合わせた。

黒田が経を唱えている間、周二は花を見ていた。花は周二の視線に気づくこともなく、線香の白い煙を目で追っている。煙は細く揺らめきながら空に向かい、消えていった。経文がなにを説いているのかはわからないが、黒田の澄んだ声を聞いていると、封じていた記憶の底に沈んでいくような気がした。容赦なく悲しい場所に連れて行かれる。榮門と夏美は目を閉じたまま微動だにせず、花だけが落ち着きなく周囲を見回していた。

読経に重なるように、梢《こずえ》の葉が揺れる。

この場所だけ時の流れが止まったかのように、静かだった。風が雲を飛ばしたのか、いつしか白い太陽が顔を出し、梢の隙間から細い光を届けてきた。雨が上がっている。

はっと思った時にはすでに、花が目の前から消えていた。

命を狙われた小動物のような凄《すさ》まじい速さで、山の奥へと走り抜けていく。

咄嗟《とっさ》のことで声も出せずにいると、

「花っ」

榮門が弾かれたように体を反転させ、花を追った。

吸い込まれるようにして花が入っていった暗い繁みに、榮門がためらいなく突進していく。草が引きちぎれ、小枝が折れる乾いた音がその場に残った。

「なんや、どうしたんや」

両目を見開いた黒田が、周二を睨みつけてくる。

「え、なに、いまの。花ちゃんは？　なにがあったの」

夏美も声を震わせながら、周二を凝視する。

「きゅ、急に、その繁みの中に……入って」

喧噪はほんの一瞬のことで、いまはもう二人の気配は完全になくなっていた。

「榮門さん、榮門さーん。聞こえたら返事してください」

夏美が叢《くさむら》に向かって叫び声を上げたけれど、枝葉が揺れる微かな音が返ってくるだけだ。

「二人を探しに行かなくちゃ」

「おれが行くわ。夏美さんと周二は、ここで待っててくれ」

「いや、僕も行くよ。ひとりより二人のほうがいいだろう。夏美、ここで待っててくれるか」

「わかった。花ちゃんたち見つけたら、連絡ちょうだい」

「連絡って言っても、携帯の電波は届かないよ」

もしも一時間以上経っても誰も戻ってこなかったら、山を下りて警察に連絡してほしい。夏美にはそう言い残し、黒田とともに草を掻き分け、山の中へと入っていく。小さな山とはいえ道を外れるとすぐに、迷ってしまいそうだ。

右へ行けばいいのか、それとも左か。勾配のきつい斜面を、草を踏みしめながら登っていく。進めば進むほど、緑の密度が高くなり湿気が強くなっていった。

「うわあっ」

草を掻き分けて前を歩いていた黒田が、突然悲鳴を上げた。

「黒田、どうしたっ」

慌てて斜面を駆け上がり横に並ぼうとすると、足が宙を踏んだ。黒田の頭が視界の下に見えたと同時に、周二の体も浮き上がり、いっきに落下していく。巨大な岩にでもぶち当たったのか激しい痛みを感じた後、急流に流されるかのように転がり落ちていく。

やがてなにか硬いものに真正面からぶつかった衝撃で、滑落が止まった。体中に、釘で引っ掻いたような激痛が走る。

首の後ろの鈍い痛みに耐えながら顔を上げると、目の前に人の足が見えた。

「く……黒田か？」

互いに地面に這いつくばっているので、靴の裏しか見えない。「黒田」ともう一度名を呼べば、黒い靴底が微かに揺れた。

「ああ……須藤さんか」

苦しそうな呻き声が、耳に届く。

「榮門さんですか」

「ああ……そうだ」

両手を土の上につき、地面を這いながら榮門に近づくと、血の匂いがした。

「だ、大丈夫ですかっ」

倒れた榮門の後頭部に血が滲んでいる。

「花は……無事か。怪我はないか？」

榮門の背中で見えなかったが、花がその腕の中にいた。母親に添い寝された赤ん坊のように、口を半開きにして目を閉じている。意識を失っているようだったが、外傷は左手の甲に引っかき傷があるだけのようだ。

「見たところ、軽い擦り傷程度です」

「そうか。よかった……」

「それより榮門さんの頭の傷が」

「おれは、いいんだ。花が無事なら……それでいい」

榮門が深く息を吐き、腕の中の花の頭にそっと鼻先を寄せる。

花を追ってここまで来たのだ、と榮門が何度も息を継ぎながら話す。なにかに憑かれたかのように逃げまどう花を、必死で追いかけた。なんとか距離を縮め、背後から花の腕をつかんだ時だった。花の体が宙に浮いた。花が足を踏み出した場所に地面がないのだと気づいた時には、もう遅かった。落下する花を咄嗟に両腕に抱きとった。あとは、花が傷つかないことを祈るしかなかった。

「それしかできなかった、おれはもう……オジイだからさ……」

笑うつもりだったのか、榮門は頬を歪めた後、安堵の表情で目を閉じた。

「榮門さんっ、しっかりしてください、榮門さんっ」

上着のポケットに手を突っ込み、携帯を取り出した。液晶のガラスに蜘蛛《くも》の巣状のヒビが入っていた。だが電源は入る。震える指先で、夏美に電話を掛けた。繋がらない。もう一度掛けた。なにかの拍子で電波の状態が変わらないとも限らない。

だが何度繰り返しても、電話は繋がらなかった。

「榮門さん……」

榮門の頭の下の草が、血液を含んで赤黒く染まっている。

途方に暮れる思いで、山肌のはるか先を見上げる。体を動かすたびに鋭い痛みが走り、息をすると胸の奥が抉《えぐ》られるようだった。あばら骨が折れているのかもしれない。助けを呼びに行きたいが、この急斜面を登ることはいまの自分には不可能に思えた。

無力な自分を蔑《さげす》みながら、それでも斜面に足をかける。全身の力を足元に集め、助けを求めて上へ上へと這い上がる。だが途中で足場が崩れ地面に叩きつけられた。振り出しに戻る。

今度は足を捻《ひね》ったようだ。その場に座り込み、

「助けてくれ」

と声を張った。大声を出すと、銛《もり》で肺を突かれたかのような激痛が走った。だがいまできることは、声を上げることくらいしかない。

周二の大声が刺激したのか、花の体がわずかに動いた。

「黒田、ここだっ。助けてくれ」

周二は残る力のすべてを振り絞り、近くにいるはずの友の名を呼んだ。この谷底に姿がないということは、滑落の途中で黒田は踏み止まったのだろう。あいつのことだ。自力で崖を這い上がっているかもしれない。

あの日も、本当はこんなふうに大声で叫びたかったのだ。

誰か、美羽を助けてやってくれ――。

勇気のない自分は、誰にもその思いを伝えることをしなかった。

「助けてくれっ。誰か、助けてくれっ。助けて……ください」

いつもよりずっと遠くに見える空に向かって、喉を震わせた。何度も、何度も。頭の上

を、見たこともない山鳥が横切って行く。

残っていた力を出しきり、もう掠れ声しか出なくなった頃、

「周二、そこにおるんかー」

聞き慣れた声が、落ちてきた。周二は雲をつかむ気持ちで両手を高く挙げ、立ち上がった。

「黒田、ここだ、ここにいる。榮門さんも花ちゃんも一緒だ。頼む、助けてく……」

言葉の途中で語尾が潰《つぶ》れた。安堵で両膝の力が抜け、涙が溢れ出す。

「よし、そこで待ってろ。夏美さんが警察に通報してるはずや。おれがこの場所まで救助隊を案内するからな。周二、いったん戻るぞ」

「できるだけ急いでくれ。榮門さんが怪我をしてて……」

「わかった。怪我人がいることも伝えとく。これ、お守りや」

太陽の光を集めながら、上空から黒いものが降ってきた。伸ばした手のひらに黒い光が落ちてくる。黒檀の数珠だった。

「数珠なんて、不吉だな」

「あほか、ご先祖さまから受け継いだ、僧侶の心臓や。それより雨雲が出てきたみたいや。

急いで戻るから、二人のことは頼んだぞ」

普段どおりの余裕に満ちた声に救われ、空を見上げた。灰色の厚い雲と太陽が並ぶ、不思議な空色だった。

黒田の気配が消えると、周二は涙を拭ってその場にへたりこむ。

「神さまありがとうございます。いや、仏さま……」

ウインドブレイカーを脱ぎ榮門の体を覆った後、数珠を手首に巻きつけた。榮門を一刻も早く病院に運ばなくてはいけない。いまはそれが最優先だ。

周二の大声に反応したのか、花が眉をひそめて頭を左右に振った後、目を開けようとしていた。光が目に差し込むのか眩しそうに顔を歪める。

「花ちゃん、目が覚めたか。左手の甲に血がついて——」

花の両目が完全に開き、周二が手を伸ばしてその手に触れようとした時だった。サイレンのような甲高い悲鳴が、耳を刺した。両目を剝いた花が、全身を強張らせ叫んでいた。

「やめてっ。いやだっ。やめてやめてやめてえっ」

「……花ちゃん？　どうした。大丈夫だよ」

身を捩る花の肩をつかんだ。

「どうしたんだ、落ち着いて」

「助けてっ。助けてえっ」

「大丈夫だよ。どうしたんだ。落ち着いて、頼むから落ち着いてくれよ」

泣きじゃくる花の体に両腕を回し、周二は繰り返し「大丈夫」という言葉を重ねた。腕の中でしばらく暴れていた花は、やがて諦めたかのように体を縮めて嗚咽し始めた。苦しげな呻き声が、周二の胸を衝く。

「どうしたんだ……。もう大丈夫だ。なにも怖くないよ」

小さな子供を宥《なだ》めるように、周二は話しかける。

「君はあの崖から落ちたんだ。でも榮門さんが君を助けてくれた。榮門さんが守ってくれたんだ」

花は自分の喉元を両手で押さえながら、混乱した様子で頭を振り続けている。

もしかすると、なにも憶えていないのかもしれない。自ら山の中に入っていったことも、榮門が花を追ってきたことも、崖から足を滑らせたことも。恐怖心だけがいまは頭の中に残っているのかもしれない。

「僕のことはわかるだろう？　須藤周二だ。君と一緒に山に登りに来たよね。今朝、駅で待ち合わせして」

周二が自分の名を告げると、花の全身から力が抜けていく。腕の中にあった緊張が、一瞬にして緩んだのがわかる。

「……周ちゃん？」

花が顎を上げ、周二の顔を見つめてくる。

聞き覚えのある抑揚に、背筋が冷たくなる。

周二は花の体をいったん自分から離し、その顔を改めて覗き込んだ。

「周ちゃん……？」

もう一度、周二の目を見つめたまま花が言った。

自分をそんなふうに呼ぶ人は、これまでの人生で三人しかいない。

その三人は祖母と、瞳さんと——。

「君は、美羽……なのか」

頭で考える前に、口が動いていた。花が頷くのを目にすると同時に、周囲の景色がみるみる色を失っていく。

こんな——。こんなことが本当にあるなんて……。

視界が揺れ、頬を張られたように顔が熱くなる。だが体はまるで凍りついたかのように身じろぎひとつできなかった。まさか。こんなことがあるわけがない。そう口に出そうとしたが、唇が痺れ、声が出なかった。手も足もうまく動かせない。なにが、起こっているのだろう。

島で初めて出逢った日の、花の姿が脳裏に浮かぶ。

瞬きもせず花の顔を見つめ、なにか言わなくてはと口を開いた時、

「周ちゃん逃げてっ」

花が両腕を思いきり突っ張り、周二を押した。

「周ちゃん早く逃げてっ。こっちに来るよ。殺されるよっ」

呼吸を荒らげた花が目を血走らせ、彼女だけに視える恐ろしいものを指さす。

「花ちゃ……美羽、ここは安全な場所だよ。君を傷つけるものはなにもない」

「嘘っ。だめだよ、来るよっ。周ちゃんも殺されるよっ。ほら、黒いビニール袋持ってるでしょっ、あの袋を頭から被せられる。そうしたら息ができなくなって苦しくなってお母さんにもうっ……会えなくなる」

手のひらで両耳を塞ぎ、声を上げて泣き出した花の、絶叫ごと強く抱きしめた。自分の涙か、花の涙か。生温い液体が耳の奥に流れ込んできて、すべての音がくぐもって聞こえた。

僕はどうして、美羽を助けられなかったのだろう。

本当はあの日、このまま美羽と別れたら、もう二度と会えなくなるような気がしていた。

色褪せた茶色のパーカに、膝の出た擦り切れたズボン。自分の知っている美羽は、お洒落な瞳さんにいつも可愛らしい洋服を着せてもらっていた。美羽は変わってしまった。違う。美羽が変わったのではなくて、美羽の暮らしが変わってしまったことを、僕は知っていた。家にいるのが苦しくて、だから僕の家まで逃げてきたことも僕にはちゃんとわかっていた。

それなのに――。

それなのに、どうして僕は、美羽を助けなかったのだろう。

塾なんてさぼればよかったのだ。すぐにバスから降りて、ずっと一緒にいればよかったのだ。手を繋ぎ、美羽を自分の家に連れて帰ればよかったのだ。お母さんが嫌な顔をしても、おばあちゃんがうろたえても、お父さんに「美羽を助けてくれ」と頼めばよかったのだ。なのに僕はそうはしなかった。なす術もなく、バスの窓越しに美羽を見つめていただけだ。

バスが走り出した時、美羽が僕に向かって手を振った。笑っていた。

最後まで美羽に嘘の笑顔を作らせたことを、僕はずっと後悔して生きている。

首筋に冷たいものを感じ顔を上げると、いつの間にか雨が降ってきていた。糸のように細い雨だ。雨が降っているのに太陽はまだ空にあり、白く淡い光を滲ませていた。

「ねえ周ちゃん」

息を潜めるようにしばらくじっとしていると、花の姿をした美羽が、肩を震わせたまま話しかけてきた。

「うん？」

美羽は自分の体に回されていた周二の腕を外し、体を少しずらして座り直した。指の先で濡れた顔を拭っている。

「あのね、死ぬ時ってすごく痛いんだよ」

さっきまでの怯えた表情は消え去り、顔を上げ、無表情のまま口端を上げる。

「そう……なのか」

「そう。もう息が吸えなくなると、今度は頭がすごく熱く痛くなるの」

「うん……」

「でも美羽はその時にね、お母さんの顔が見えたんだよ。お母さん笑っててね。ああよかった、最後に会えたんだって思ったんだよ」

風の音に混じって、人の声が聞こえた。

黒田の声のような気がした。

声は徐々にはっきりとしてきて、迷いなくこの場所に向かっている。

「美羽ごめん、僕は君を助けられなかった」

周二は両膝を地面につけ、そのまま深く頭を下げた。

「美羽が死んでから、どうしてあの日君を追いかけなかったのか、そのことばかり考えてた」

どれほど楽しい時間を過ごしても、友人や恋人と笑い合っても、最後は寂しげな美羽の笑顔にたどり着いた。なにをしても、その日が終わる頃には無性に虚しくて、楽しんだぶんだけ自分が嫌いになった。

「周ちゃんが、謝ることなんてないよ」

「赦してくれるのか」

「なにも怒ってないよ」

「僕ひとりだけ、こんなふうに大人になって……のうのうと生きている」

美羽がそっと手を差し出してきて、周二の手のひらを握った。冷たい手だと勝手に決めつけていたので、その温もりに驚いてしまう。

「私を見つけてくれて、ありがとう」

握った手に力を込め、美羽がそう伝えてきた。

「周ちゃん、私を忘れないでいてくれて、ありがとう……」

緑に囲まれたこの小さな場所に、風が渦を巻きながら吹き抜けていく。

人は前世でやり残したことをやり遂げるために、また現世に還ってくるという。ガジュマルの樹の下で彼女を初めて見た時、どうしてかずっと逢いたかった、懐かしい人を見つけたようなそんな気がした。

16

南の島にも秋はくる。とはいえ本土の山々のように樹々が色づくことはない。ただ風がわずかに涼を含み、太陽の勢いが弱まるくらいのものだ。榮門は寝間着のまま縁側に座り、庭を眺めていた。庭にはハイビスカスやブーゲンビリアといった濃いピンク色の花が植えてあり、見ているだけで心まで明るく彩られる気がした。

「お父さん、悦子さんがお見舞いに来てくれたよー」

奥の部屋から聞こえてくる笑里の声に振り向くと、悦子が微笑みながら立っていた。白い割烹着に紺色のモンペを合わせたいつもの姿だ。

「おお悦子か。わざわざ悪いな」

「ごめんねーお見舞い遅くなって」

「遅くもないだろ。島に戻って来たのは一昨日なんだからさ」

須藤たちと山に登り、滑落して頭を怪我したのは五日前のことだった。近くの総合病院に搬送され、脳の検査をしたり傷を縫合したりで三日間入院した。入院は生まれて初めてのことだった。それがまさか東京の病院に入るとは、人生はわからないものだ。

「まあまあ悦子さん、そんなとこに立ってないで座ってよー」

笑里がさんぴん茶を載せたお盆を榮門の横に置き、お盆を挟んだ向こう側に悦子が腰かける。悦子は見舞いに持ってきたサーターアンダギーを袋からひとつ取り出し、「揚げたてあつあつだよー」と榮門の手に載せた。

「宿はどうだ、忙しいのか」

「ううん、もう十一月だもんね。観光客もずいぶん減ったよ」

夏の間は道路で頻繁にすれ違うレンタカーも、この時季にはめったに見られない。観光客のいない島はどこか気が抜け、島民たちがそれぞれの日常をゆったりと送っている。

「そうだ武っさん。花ちゃん、前世の記憶が戻ったって？」

「笑里に聞いたのか」

「うん、そうだよ。前世の記憶がはっきり戻るのは珍しいから、よかったなーと思って」

人は前世の記憶をすべてなくして生まれ変わるのが常だ。時々は既視感、あるいは夢という形で前世の記憶が断片的に現れることはある。だが前世を特定することは、よほど高い能力を持つ霊能者でなくては難しいのだと悦子が言う。

「花ちゃん、前世も女の子なんだってね」

「ああ。須藤美羽という名前だった」

悦子が眩しげに目を細めた。どこか一点を見つめているので視線をたどると、生垣に咲くハイビスカスにいきついた。いつの間にか白い猫が庭に入ってきて、二人の足先に寝そべっている。

「須藤って、あの須藤さんに関係あるの？」

ハイビスカスの明るいピンクを映していた悦子の目が、こちらを向く。榮門はさんぴん茶を口に含みひと呼吸置いてから、悦子の目を見返した。悦子の両目が薄茶色に光っている。年を取ったせいか。それとも昔からこんな色素の薄いガラス玉のような目をしていたのか。ガラス玉に、困惑した自分の顔が映っている。

「親戚だそうだ。花の前世は、須藤周二さんの従妹だった。十七年前に母親の男の手にかけられて、十歳で亡くなったんだそうだ」

自分でも現実離れしたことを口にしていると思う。だがあの山で起こった出来事を思えば、それ以外の説明はできない。

「そんなところにまでたどり着いたんだね。ふうがらさー武っさん、おつかれさま」

「悦子おまえ、本当は全部わかってたんじゃないか」

「そんなわけないよー」

「でもおまえ、花が行方不明になった時、須藤さんに連絡をとってみろと言ってただろう。ほんとはこうなること、わかってたんじゃないのか」

「まさかまさか。あたしにそこまでの力はないよ。ただあの男の子があまりに寂しそうだったからさ。花ちゃんにも似た寂しさがあるでしょう？　だからなにかしら縁があるのかと思っただけだよ」

「本当にそれだけか」

「それだけだよー。その時期、なにかしら渦のようなものは視えてたんだけどね」

「渦？」

「そう。渦だよ。あたしの周りで渦がぼんやりと視え始めたのは、たしか須藤っていう男の子がこの島に来てからだったよ」

「悦子、おまえやっぱりユタに戻れ。古びた民宿の女将にしておくのは惜しいさ」

「古びたはよけいだよー。まあね、いいのよ武っさん。いまの人はね、ユタなんて必要としないのよ。すぐに結果を出したがる人ばかりだもん。検索すればなんでも出て来る魔法の道具を持ってるもんでさ。それより武っさん、花ちゃんの探しものは見つかったの？

花ちゃんのっていうか、前世からの探しものだよね」

「それが、まだなんだ」

「え、だって花ちゃん、前世の記憶が戻ったんじゃないの？」

「あの山にいた数時間、突発的に蘇っただけさ。いま前世のことを思い出せといっても無理だ」

実際のところ、榮門は美羽が現れた場面には遭遇していない。斜面から滑り落ちそうになった花の腕をつかみ、抱きすくめたところから、記憶が途切れ途切れになっているからだ。須藤が助けに来てくれたことまでは憶えているが、気がつけば病室のベッドに横たわり、点滴を受けていた。花が錯乱していたのは山中にいる間だけだったらしく、下山してからは普段通りの落ち着きを取り戻していたという。

「そう。でも花ちゃんのではなく、その美羽ちゃんて女の子の探しものだとしたら、案外すぐに見つかるかもしれないね」

励ますように微笑むと、「そろそろ夕食の支度あるから帰るよ」と悦子が立ち上がった。

「わざわざ来てもらって悪かったな。花のこともいろいろ世話になった」

榮門は座ったまま、深々と頭を下げた。

「いいし。あたしはなにもしてないよ。じゃあね武っさん、ほがらさ」

背筋をまっすぐに伸ばし胸を張って歩くその後ろ姿を見送りながら、榮門は悦子の半生に思いを馳せた。十五で島を出て、それからさぞ苦労したことだろう。ユタが、集落や村落の公的な祭祀や祈願行事の司祭として尊ばれていた時代は、たしかにあった。その霊的能力によって託宣《たくせん》や病気の治癒を行っていた昔なら、それほど生きづらくもなかったかもしれない。だがどうしてかいまは、目に視えない世界を人は信じなくなっている。人への想いも未来もなにもかも、本来は目に視えないことばかりだというのに。

家で五日間ほど休養すると、榮門はいつも通り仕事に出るようになった。笑里は「みんぶるぶるぶった、まだ早いよ」と止めたけれど、そうのんびりもしていられない。十一月も半ばを過ぎればサトウキビが白い花を咲かせ、いよいよ収穫時期を迎える。収穫は十二月に始まり三月の下旬まで続くので、この期間は社長の自分が休んでなどいられない。

製糖工場を出ると、榮門はトラックを運転して自宅に向かった。今日は少し早めに出たので、日が落ちる前に家に帰れそうだ。

だがナンタ浜を左手に見て車を走らせていると、なぜだろう、ふとティンダバナに寄って行こうと思った。腹は減っていたし、酒も早く飲みたかった。それでもハンドルを切ったのは山に花がいるような気がしたからだ。

ティンダバナへの登り口で、花の自転車を見つけた。花に関してはおれもちょっとした霊能者だな、と榮門は口元を緩める。

榮門は自転車のすぐそばにトラックを停め、ダッシュボードから懐中電灯を取り出し、手に持って山道に立った。山の中は日が沈むとまっ暗になる。いまはまだ太陽の光がうっすら残っているが、あと半時間もすれば数メートル先も見えなくなるだろう。

一歩一歩、踏みしめるようにして土の上を歩きながら、榮門は須藤美羽という少女のことを考えていた。もちろん会ったことはない。須藤から少し話を聞いただけの、見も知らぬ少女だ。しかももう、この世にはいないという。だが花がその少女の転生した姿だと知ってからは、その少女も榮門とは無関係な存在ではなくなっていた。

榮門は島で生まれ育った人間だ。この島で暮らす者にとって、あの世は遠い場所ではない。島のあちこちにこの世とあの世の境界があり、生まれた時からその境を意識しながら生きてきた。死後も魂は存在し続けることを、当然の摂理として受け入れているつもりだった。だが病院で目を覚まし、須藤さんから「花は美羽の生まれ変わりだ」と聞かされた時、そんなことあるわけがない。そう訝しんだ。

「花あ、どこだあ。返事しろよぉ」

祖納の町並みが見下ろせる場所でいったん立ち止まり、大きな声で花を呼んだ。声を張ると、まだ少し頭の傷に響く。花、花と名を呼びながら、雲が形を変えながら流れていくのを見上げた。まだまだ若いと思っていても、もう七十だ。自分は前世でやり残したことを、現世で遂げられたのだろうか。

山の気配が変わっていく。昼から夜へ。動から静へ。生から死へ。ティンダバナには千年以上前の屍《しかばね》が残っている。そのせいか日が落ち闇が支配する時間帯は、土に眠った白骨の束が息づき始める。島の人間はめったなことで、夜は山には入らない。

「花か」

草を踏む乾いた音が聞こえ、足元に細い影が揺れた。

「おつかれさまです」

こんな場所でおつかれさまもないだろうと苦笑しつつ、「日が沈むぞ」とだけ返す。

「ここでなにしてたんだ」

花を連れて山道を下りながら柴門は聞いた。

「聞いてたんです」

「誰になにを聞いてたんだ」

「美羽さんに、あなたはなにを探してるのって」

「答えてくれたか」

「うん、まだなにも」

不思議なほど落ち着いた目で、花は答えた。山での一件があってから、花は少し変わった。以前のような不安定さがなくなったように思う。

「そうか。まあ須藤さんと夏美さんが探してくれると言ってるんだ、任せておけばいいさ」

榮門と花が島に戻る日、須藤は「美羽の小学校の担任に会ってみる」と言っていた。当時の美羽に近しい人なら、あの子の心残りを知っているかもしれないから、と。

「榮門社長」

花がふと足を止め、榮門のシャツの裾を引っ張った。

「なんだ」

「蕾ができてる。そろそろ咲くんですか」

シャツの裾をつかんだまま、花が道端に生えた植物を指さす。

「ああ、リュウゼツランか」

リュウゼツランは、この辺りではよく見られる熱帯性の植物だった。葉が一メートル以上もあり、成木は七メートルほどの高木になる。葉の端には棘があり、一見してまったく可愛げのない植物なのだが、淡い黄色の美しい花を咲かせる。ただ花が咲くのは五十年に一度ともいわれ、めったに目にすることはない。

「そういえば、おれもしばらくリュウゼツランの花を見てないな。もし咲いたら教えてくれよ」

「はい」

トラックを停めていた場所まで戻ると、花が自転車に乗って帰ると言い出した。暗くて危ないからと榮門は自転車を荷台に積んでやり、トラックに乗るように伝えた。花が自分も荷台に乗っていいかと聞いてきたので、自転車の下敷きになるなよ、と告げて好きにさせた。空に月が浮かんでいて、青白く幻想的な光に一瞬心を奪われる。

「なあ花よ」

榮門は、荷台にいる花に向かって声を掛ける。

自転車の後輪を回して遊んでいた花が、赤ん坊がハイハイをするように這ってきた。荷台の縁から顔をのぞかせてくる様子が、ダンボール箱に入った犬のようだ。

「花、おまえが生まれてきた理由がわかるか」

暗がりで、花が首を傾げる。

「久遠花として生きるために、おまえは生まれてきたんだ。久遠花は幸せになるんだ。それ以外のことはなにも考えなくていいさ」

前世でやり残したことを現世でやり遂げるために、人は転生する。それは、そうなのかもしれない。だがそんなことはどうでもいい。人は幸せになるために生まれてくるのだ。

「久遠花は、須藤美羽とは違う。おまえは精一杯、久遠花の人生を生きろ。おまえが一人前になるまで、おれも笑里もそばにいて守ってやるからさ」

榮門はそれだけ言うと、運転席に乗り込んだ。月に押されたな。普段なら照れくさくて口にできないことも、淡い月明りの下でなら伝えられる。

榮門は、残りの人生を大地として生きると決めた。

自分を必要とする子供たちの大地になって、花を咲かせる日をともに待ち望んでやろう。自分の生き方を見つけるまで、見守ってやろう。七十を目前にした自分がいまこうして生きている意味は、おそらくそこにあるのだと思う。

トラックのエンジンをかけると同時に、携帯の着信音が鳴り響いた。しんと静まりかえった暗闇を震わす電子音は、この世に生きて留まる自分を強く感じさせる。ズボンのポケットから携帯を取り出し、二つ折りになっている部分を開くと、青白い画面にこの世のどこかと繋がっている数字が浮かび上がっている。

須藤の番号だった。

『榮門さん、わかりました。美羽……花ちゃんが探していたものが、わかったんです』

運転席を飛び出し、トラックの後ろに回り込んだ。

「花、須藤さんからだ」

荷台に座る花に携帯を差し出すと、榮門の勢いに驚いたのか、無言のままおずおずと花が手を伸ばしてきた。花が須藤と電話で話をしている間、榮門は荷台に背を預けるようにして夜空を見ていた。相変わらず、月が煌々《こうこう》と光っていた。

17

十二月の上旬、周二は夏美と花と一緒に、かつて美羽が暮らしていた町へと向かった。花の探しものが、十七年の年月をかけてようやく見つかったからだ。

「東京って案外広いのよね。私、こっち方面はあまり来ることがないのよ」

窓の向こうの景色に視線を伸ばし、夏美が明るい声で話しかけてくる。東京駅から乗った電車は、平日の昼過ぎだからか意外にすいている。

「僕も子供の頃に一、二回来たくらいだよ」

美羽の自宅があった辺りは、地図上では東京の西側、山梨県側に位置する。東京駅からだと一時間以上はかかる場所だった。

「花ちゃん、疲れてない」

緊張しているのか、さっきから口数の少ない花を、夏美が気遣う。花は午前の便で羽田に着き、夏美が空港まで迎えに行ってくれた。周二は、ほんの数十分前に東京駅に着いたばかりだった。

いまから半月前のことだ。山で怪我を負い入院していた榮門が回復し、花と一緒に島に戻ってから、周二と夏美は美羽のかつての担任を探した。美羽が殺された小学四年時の担任ならば、彼女のことをよく憶えているのではないか。夏美のそんな提案に従って、美羽が通っていた小学校を訪ねて行ったのだ。

手がかりはなにもなかった。当時の担任の名前はもちろんのこと、性別も年齢もわからなかった。だがそんな丸腰の状態で、「でもとにかく行ってみないと」と夏美に背を押され訪ねた小学校で、思わぬ情報を得た。

あれほどの大事件だったのだ。事件に関する報告書や、当時担任をしていた片瀬雅俊《かたせまさとし》という教師が書いた記録が小学校には保管されていた。

片瀬雅俊という糸口がわかれば、あとは地道にその糸を手繰るだけだった。毎年三月になると新聞に掲載される公立小学校の教職員異動の記事を、十七年分、夏美と二人で調べ尽くした。もし片瀬が退職していたなら、そこで手がかりの糸は途切れただろう。だが周二には、片瀬が教師を辞めているとは思えなかった。あんな形で教え子を失った教師なのだ。もう二度と同じことを繰り返さないためにも、片瀬はきっと教壇に立ち続けていると確信していた。

そして、片瀬にたどり着いた。

当時二十代だった片瀬は、四十を過ぎたいまも都内の小学校で教師をしていた。片瀬宛で小学校に手紙を送り、返事をもらえたのが一週間ほど前。ありがたかったのは、彼が美羽のことをよく憶えていて、「美羽の話を聞かせてほしい」という思いを受け入れてくれたことだった。

周二たちは、片瀬が勤務する小学校近くのファミレスで待ち合わせ、一時間半ほど話をした。

「クラスではどちらかというと口数の少ない子でした。四年生の時は飼育委員をやっていて、よくウサギ小屋にいたのを憶えてます。可愛らしかったから男子に人気があってね」

美羽の学校生活の様子や友達関係などを、片瀬は思い出すままに教えてくれた。教師というのは、かつて受け持った子供のことをここまで憶えているものなのか。片瀬と向き合いながら、周二は彼の記憶があまりに鮮明なことに軽い衝撃を受けていた。好きな給食のメニューはシチュー。縄跳びは得意だったけれど、跳び箱はさっぱりだめ。算数の教科書をなくしてしまって、算数の授業になると隣の子に見せてもらっていた。そんな些細なことまで記憶していて、周二たちを感心させた。

だが結局、片瀬には美羽の探しものはわからなかった。

「役に立てなくてすみません」

周二の落胆を察したのだろう。片瀬はそう言ってすまなそうに目を伏せた。周二は片瀬に、「美羽の心残りを探している」と事前に伝えていた。死後十七年が経ったいま、改めて美羽を弔《とむら》うために、彼女が最後になにを望んでいたのかを知りたいのだと、手紙に書いておいた。

「いえ、こうして会っていただけたことだけで充分です。僕が知らなかった美羽のことを、いろいろと聞かせてもらって……。本当に感謝しています」

周二の傍らで、夏美も頭を下げていた。夏美がいてくれたおかげで、和《なご》んだ雰囲気のまま話を続けられたことがありがたかった。

片瀬が憶えている限りの話を聞き、そろそろ店を出ようかという雰囲気になると、

「美羽さんの担任をしていた時、私は教師になって三年目でした。正直言ってまだまだ余裕のないところもあり、クラス全員のことをすべて把握していたとはいえません。だから

美羽さんに関しても至らないところがたくさんあって……。いまさらですが、謝罪させてください」

片瀬が突然立ち上がり、深々と腰を折った。当時はあまりにショックが強すぎて、きちんと謝ることができなかった。美羽の母親も亡くなっていたので、誰に詫びればいいのかもわからなかった。片瀬は沈鬱な表情でそう語った。

「先生やめてください」

夏美が慌ててとりなした。

「先生が謝ることなど、なにもないんです」

周二も片瀬の肩に手を置き、顔を上げるよう頼んだ。

「いや、私が美羽さんを助けてやれなかったんです。家庭訪問をしたり、児童相談所に連絡したり。いま思えば、できることはまだまだあった。それなのに……私はみすみすあの子を……」

片瀬が初めから謝罪するつもりで来ていたことに、周二はその時初めて気がついた。周二からの手紙が届いた時点で、片瀬は既にそう決めていたのかもしれない。

「片瀬先生、僕も同じです。最後の最後まで一緒にいた僕も、なにもしてやれなかった。美羽を知る人は誰もが少しずつ、あの子の死に罪を感じているんだと思います。ほんとに

「もう……顔を上げてください」

周二がそう告げると、片瀬はもう一度深く腰を折り、手持ちのバッグから一冊のアルバムを取り出した。

「これは美羽さんの学年の、卒業アルバムです。ここに四年生の春に行った林間学校の写真が何枚かあって。これ、美羽さんです。小さくしか写ってないですけど」

アルバムには、飯盒《はんごう》を手に持ってはにかむ美羽が写っていた。愛らしい笑顔が懐かしく、目の奥が熱くなる。

「美羽さんの隣に女の子が写っているでしょう。この子は町田瑞枝《まちだみずえ》さんといいます。町田さんは美羽さんと仲良しで、いつも一緒にいた子です。町田さんの連絡先をお教えしますので、一度会ってみてはどうでしょうか。彼女には、私から須藤さんのことを伝えてありますし、気さくな子だからいろいろ話を聞かせてくれると思います」

片瀬は手帳に挟んでいた電話番号を、周二に手渡してきた。もし自分の話が役に立たなかったら彼女を紹介するつもりでいたのだと、片瀬が教師らしい奥行きのある笑みを見せる。店を出ると、片瀬は「いまから学校に戻るんで」とそのまま来た道を戻って行った。

いまの周二と同じくらいの年齢の時、片瀬は教え子を失ったのだ。どれほど悔やみ、自身を責めただろう。この十七年間、彼はどんな思いで児童たちと向き合ってきたのか。美羽の探しものがわかったなら、もう一度片瀬と話してみたい。周二は遠ざかる背を見つめながらそんなことを考えていた。


片瀬に会った日の夜、周二は町田瑞枝に電話を掛けた。片瀬があらかじめ伝えておいてくれたおかげか、突然の電話にも警戒心をもつことなく対応してくれた。

町田瑞枝はいま「町田さん」ではなくなっていた。結婚して糸川《いとかわ》瑞枝になっていた。だから周二は彼女のことを、「瑞枝さん」と下の名で呼んだ。瑞枝は片瀬の言っていた通りの気さくな人柄で、電話を掛けた翌々日には、横浜にある彼女のマンションを夏美とともに訪ねていくことを快諾してもらった。

「どうぞ入ってください」

新婚一年目だという瑞枝のマンションは、モデルルームのようにきれいに片付いていた。周二と夏美はリビングに通され、ソファに並んで座った。瑞枝はガラス製のテーブルを挟んだ向かい側に腰を下ろし、黒い犬が彼女の足元に寝そべっていた。

瑞枝は小学一年の時に美羽と同じクラスになり、それからはずっと親友同士だったと当時を懐かしみながら明るく語ってくれた。自分も美羽も母親が仕事で忙しかったので、放課後はいつも一緒にいた。二年生と三年生の時はクラスが変わってしまったが、それでも学校から帰ると瑞枝の家で一緒に過ごした。たいていは二人でごっこ遊びをした。実家の裏に雑木林があり、農具をしまっている小屋があった。自分たちはその小屋を別荘に見立てて遊んだのだ。二人とも深窓の令嬢という設定で、「おほほほ」「うふふふ」と笑い合った。学校ではおとなしかった美羽も、瑞枝と二人きりの時は大声で笑う活発な女の子だった。

瑞枝の話を聞いていると、美羽のはしゃぎ声が聞こえてくるような気がした。美羽にも幸せな時間があったことに、周二は心底ほっとしていた。

初対面とは思えないほど打ち解けて話をし、あっという間に二時間近くが過ぎようとした時だった。

「私、美羽が亡くなる二か月ほど前から、あの子のことを避けてたんです。もう一緒に遊びたくないって、直接口にしたこともあって……」

瑞枝がそれまでの朗らかさを打ち消し、思い詰めた声で言ってきた。片瀬の時と同じ、思い出話が尽きようとした頃だった。周二と夏美は突然の告白に戸惑い、目を合わせて息を呑んだ。

「避けてたって、どういうことですか。瑞枝さんは美羽さんの親友だったんじゃ？」

夏美が困惑しながら尋ねると、

「親友でした。美羽以上に好きな子なんていなかった」

と返ってくる。

「じゃあどうして？」

「……怖くなったんです。美羽といると、自分までおかしなことに巻き込まれるような気がして」

美羽の家庭環境に問題があることは、薄々感じていた。家に入れない時間帯があるとか、昨日は夕食を食べていないとか。そうした話を美羽の口から聞くようになったのは、小学三年生くらいの頃からだろうか。

「家に毒蛇みたいな男が住みついたのだと、美羽は言ってました」

毒蛇にアパートを追い出されると、美羽は瑞枝の家を訪ねてきた。瑞枝がいない時は雑木林にある農具小屋の中で、時間を潰していることもあった。瑞枝が出先から家に戻って来ると、「おーい」と林の中から美羽が飛び出してくる。そんなことが何度もあった。

「そんな美羽さんの家庭環境に嫌悪感を抱いて、彼女を避けてたってことですか」

不遇な家庭環境が怖くて、美羽を遠ざけたのかと夏美が聞く。

「いえ、そうじゃないんです。私にとって美羽の家庭がどうかなんて、そんなことはどうでもよかったんです。美羽のことが好きだったから。でもどうしても……」

夏美の問いに首を振ると、瑞枝が言いにくそうに視線を外し、

「どうしても聞き流せない美羽の噂を、クラスの女子から聞いてしまって」

消え入るような声で口にした。

「噂ってどういう？」

「……四年生に進級してすぐのことでした。クラスのある女子が、私をトイレに呼び出して」

瑞枝はいったん言葉を切り、足元に寝そべる犬の背を撫でる。何度も口を開こうとして躊躇する瑞枝に、

「酷い噂だったんですね」

と周二は聞いた。

「ええ。美羽と同居している男が、犯罪者だという噂でした。男は麻薬中毒者で、美羽は男が注射を打つのを手伝っている、とか。美羽も麻薬を打たれているのではないか、とか……。クラスの女子のほとんどが、美羽とは遊んではいけないと親に忠告されていました。そのうち私の母親も同じように言い出して……」

自分がそばを離れてから、美羽はひとりになった。意地の悪い女子のグループから虐めを受けるようにもなっていた。そんな時自分は、見て見ぬふりをして通り過ぎた。片瀬先

生に虐めの事実を伝えることもできず、ただ目を伏せて美羽の前を通り過ぎていった。

「孤独な思いを抱えたまま、あの子は死んでしまったんです。家にも学校にも居場所がないまま……。どうしてあんな酷いことができたんだろうって、私はいまでも後悔してます」

瑞枝は虚ろな目で犬の背を撫で続けていたが、やがて静かに両手で顔を覆った。くぐもった声で「ごめんなさい」と呟くと、肩で浅く息をしながらしばらくじっと涙をこらえていた。

「正直なことを言えば、片瀬先生から美羽のご遺族に連絡先を教えていいかと聞かれた時、私、断ったんです。合わせる顔がないから、話したくないって」

だが片瀬に「合わせる顔がないから、会うんだよ」と窘められた。「合わせる顔がない。それを会って伝えなさい」と諭された。

瑞枝の足元で、犬が励ますように小さく細い尻尾を振っている。瑞枝が手を伸ばし、犬を抱き上げ膝に載せた。

「僕たちはあなたを責めるために、ここに来たわけじゃないんです。僕に比べたら、あなたのほうがよっぽど美羽を支えてくれていた」

周二が言うと、瑞枝は犬を抱いたままテーブルの下に付いている引き出しをそっと開けた。

「須藤さん、これ」

瑞枝が引き出しの中から取り出したのは、B5サイズの古びたノートだった。水色の表紙には「M&M秘密のノート」と子供っぽい丸文字で書かれている。

「これは私と美羽の交換日記なんですけど……。あの、須藤さんはこの新聞記事を憶えていませんか」

瑞枝はノートの一番後ろのページを開けた。黄ばんだ新聞記事が貼り付けてある。

「これは……」

犬が人骨をくわえて持ち帰ったという記事だった。山に埋められていた骨が、犬によって掘り起こされたという、周二が高三の夏に図書館で見つけた記事だった。

「これは、美羽の遺体が発見された時の記事ですね」

「はい……」

瑞枝の声が詰まり、両目から涙が溢れ出てくる。

「実は、山であの子の骨を見つけたのは、美羽の飼ってた犬なんです。この新聞記事に書いてある飼い主というのは、私のことで……」

「どういうことですか」

混乱していた。美羽の飼っていた犬が、山に埋められていた遺体を発見した？

美羽が絶命した時、犬はどこにいたのだろうかと考えたことがあった。男が美羽を連れ去る時に、犬も一緒に車に乗せたことは目撃者の証言からわかっていた。犬は美羽が殺される瞬間まで、そばにいたはずだった。

「つまり、あの事件が起こった後、瑞枝さんが美羽の犬を引き取ったってことですか」

「そうです。私が一郎を引き取りました」

唇を引き結び、瑞枝が頷いた。

瑞枝がノートに手を伸ばし、ページを繰る。一ページ、二ページ、三ページ……。声が詰まって話せないからか、瑞枝はあるページを開き、ここを読んでほしいというふうに指で示した。鉛筆で書かれた、丁寧な文字が並んでいる。瑞枝が示した文章は、彼女が、いなくなった美羽に宛てた手紙だった。美羽の代わりに、一郎を大事に育てるという決意の言葉だった。

「十歳の私は、美羽に誓いました。美羽に安心してほしくて、私は精一杯の力で一郎を可愛がりました。私が美羽にできた償《つぐな》いは、それだけなんですけど」

「もしかしてその犬」

夏美がはっとしたように声を上げ、瑞枝の膝の上に寝そべる犬を見つめる。そういえば、この黒い犬には見覚えがある。あの日、美羽の膝で眠っていた一郎も、こんなふうに頭を預けて甘えていた。

「この子は一郎の息子です。一郎って、実は女の子なんですよ。女の子なのにそんな名前おかしいよって私が笑ったら、仲良しの男の子がつけてくれたからって、美羽が……」

美羽の遺体を発見した時、一郎はもう老犬だった。自分の産んだ犬と一緒にゆったりと余生を送っているかのように見えていた、と瑞枝が犬の背を撫でる。

それなのに一郎は、美羽のことを生涯忘れることなく、事件が起こった八年後に山に入り遺体を見つけた。

駅の改札を出たところで、瑞枝は周二たちを待っていてくれた。改めて挨拶を交わした後、周二と夏美と花は、瑞枝の軽自動車に乗せてもらい彼女の実家に向かった。美羽が暮らしていた町をこんなふうにじっくり眺めるのは初めてだったが、住宅よりも畑や空き地が多い、緑に溢れた町並みだった。

「あまりに田舎でびっくりしたでしょ？」

ハンドルを握る瑞枝が肩越しに振り返り、後部座席の花と夏美に話しかける。

「いえ。私の実家もこんな感じですから」

花が実家のある地名を口にすると、瑞枝は「え、だったらこの近くじゃない」と意外そうな顔を見せた。

瑞枝には、花のことを詳しくは話していない。ただ「美羽の親戚も連れていきます」とだけ伝えてある。出逢って間もない瑞枝に美羽と花の繫がりを話しても、訝しく思われるだけだろう。

瑞枝が運転する車が杉林を縫って走り、やがてビニールハウスが建ち並ぶ開けた草地に停まった。冬の陽射しを受けたビニールハウスが巨大な鏡のように光を反射している。

「さあどうぞ。実はうち、農家なんですよ。梨やキウイフルーツなんかを作ってて」

車から降りると、土の湿った匂いと草の香りが身を包んだ。

瑞枝の後をついて、草を踏みながら畑を横切って歩く。

「あの事件があった後、美羽の住んでいたアパートの外階段に座っている一郎を見つけたんです。ご飯を食べてないのかガリガリに痩せてて。それでここに連れてきました。うちに来た直後は、目を離すとすぐにどこかに行ってしまったんですよ」

あの川に落ちて溺れたこともあった、と瑞枝が畑のわきを流れる小川を指さす。美羽のアパートに戻ったり、駅付近を彷徨っていて保護されたり。だからしかたなく家の庭先に繫いで飼っていたのだと瑞枝が言う。

「一郎がどこかに行ってしまうたびに、うちの家は好きになれないのかなって、悲しく思ったこともありました。その頃は私もまだ子供だったから、早く自分になついてほしくて」

何度も脱走を繰り返した一郎だったが、子供を産んでからはさすがに少しおとなしくなった。白内障を患い、一日中寝そべって日向ぼっこをしている日も多くなった。だがある日、油断して首輪から鎖を解いてしまったら、また忽然と姿を消した。散歩ですら億劫がっていた老犬が自ら家を離れたので、家族はみんな「死に場所を探しに行ったんじゃないか」と瑞枝を慰めた。

「でも一郎は、自分の死に場所を探しに行ったわけではなかったんです」

一郎が骨を咥えて家の庭に立っていた日のことはいまでも忘れられない、と瑞枝が寂しそうに笑う。

「一郎っ。戻ってきたのっ」

駆け寄った瑞枝の手に一郎は口を近づけ、骨を落とした。そしてクウンと一声哀しげな高鳴きをした後、足を折り曲げその場に蹲ったのだ。

「一郎……もしかして美羽を探しに行ってたの？」

瑞枝が聞くと、「美羽」という名前に反応したのか、一郎は黒いビー玉のような濡れた目で瑞枝を見上げてきた。

「その時ようやく、一郎はうちに来てからもずっと、美羽を探してたんだと気づいたんです」

瑞枝が警察に通報して間もなく、犬が人骨を掘り出したという記事が新聞に掲載された。新聞のニュースを知った人の中に、「骨らしきものを咥えて歩いている犬を、山の麓で見た」という目撃者が現れた。その証言が手がかりとなり、山中に埋められていた美羽の遺体が事件から八年ぶりに発見されたのだ。

「一郎はそれからしばらくして、またいなくなりました。今度は戻ってきませんでした。私たち家族は必死になって一郎の姿を探しました。美羽が発見された山にも登りました。一郎はまだ、美羽に逢うことをあきらめていないんだと思って……」

周二たちの少し前を歩いていた瑞枝が足を止め、ゆっくりと振り返る。

「ここです。これが一郎のお墓です。一郎はあれっきり帰ってこなかったけど、形だけでもお墓を作ろうと思って。そうでもしないと、私たちも気持ちに区切りがつかなかったんです」

一郎の墓は畑と畑の間にある、小高い草地にあった。煉瓦を正方形に並べた囲いの中に、土がこんもりと盛られている。土の上には丸く平べったい御影石が置かれ、丸い輪っかが供えられていた。

「これ、擦り切れちゃってますけど、首輪なんです。美羽が一郎につけてたものです。もともとは赤い……首輪でした」

美羽を思い出したのか、首輪をつけていた頃の一郎が懐かしかったのか、瑞枝の目に涙が滲む。

周二はここまでたどり着けたことが奇跡に思え、隣に立つ花の横顔を見つめていた。

「美羽の心残りですか？　だったら……一郎じゃないかな」

横浜のマンションを訪ねて行った日、瑞枝はしばらく考えた後そう教えてくれた。

美羽は本当に穏やかな子だった。だから誰かを恨んだり、なにかを欲しがったりはしないはずだ。あの子がこの世に未練を残すとしたら一郎のことだけではないか、と。

（一郎おまえ、ここで暮らしてたのか）

周二はどこかに漂う一郎の魂に話しかけ、手を合わせた。

隣にいた夏美も瞼を閉じ、そっと手を合わせる。

だが花だけは墓を見てはいなかった。

風の音でも聞くかのように周囲に首を巡らせ、遠くを見ていた。はるか遠く、周二たちが決して見えない遠い、遠いどこかを。

「花ちゃん、どこ行くんだ」

花が一郎の墓を背に、草地を下っていく。歩き出した花の後を、周二は追った。

「花ちゃん、どうしたんだ」

先を歩く花の腕をつかみ、その目を覗き込む。この前と同じことが、起こったのかと思ったのだ。だが花は落ち着いた口調で、

「須藤さん、心配しないでください。でも一郎は、ここにはいないの」

と強張った笑みを返してくる。花が周二の手をふりほどき、また歩き出していく。

「周二、花ちゃんを追いかけて。早くっ」

花の後ろ姿を呆然と見送っていた周二に向かって、夏美が叫ぶ。周二はわれに返り、その背を追った。花はまるで知った場所を歩いているかのように、迷いなくどこかへ向かっていた。

「須藤さんっ」

悲鳴のような声が後ろで聞こえ、周二は足を止める。振り返ると、顔色を失った瑞枝が腕をまっすぐに前に出し、一点を指さしている。

「一郎がどこにいるのか……いま……わかりました」

瑞枝の声が震えていた。瑞枝が指さす方向に、花は一直線に向かっていた。

朽ちかけた農具小屋の前に立つと、瑞枝は大きく息を吸った。小屋といっても地面にブロックを敷き、木の骨組みと波板のトタンだけで組み上げた粗末なものだった。もう何年も使われていないのだろう。外壁も屋根も激しく腐食していた。

「どうぞ入ってください。ぼろぼろだから気をつけて」

瑞枝が木製の扉を引きはがすと、誰よりも先に花が中へと入っていく。刃の欠けた鋸《のこぎり》、錆びた鍬や秤《はかり》。水分を含んで膨れたダンボールに、虫食いだらけの茣蓙《ござ》。筒状に巻かれたビニール、腐った杭。湿気にまみれた小屋の中には、所狭しとさまざまな農具が詰め込まれていた。

少し物をよけただけで土埃や黴《かび》が舞い上がる。ほとんど光が射しこまない、薄暗い場所だった。

鼻と口を塞ぐように周二たちに言い含めた後、瑞枝が敷いてあった茣蓙に手をかけた。茣蓙を捲り、そして一メートルほどずらす。

「あ……」

花の小さな叫び声が小屋に響いた。

「あ、ああっ……あっ、あっ、あっ」

叫び声は泣き声に変わり、花がその場で両膝をつく。

瑞枝と花の視線の先に、白いものが見えた。

珊瑚のような、細い骨だった。

花がしゃくり上げながら、砂を集めるように地面を擦る。花の肩越しに覗けば、土の上に残るわずかな骨を、手の中にかき集めていた。

小屋が揺れるほどの強い風が吹き、湿った土の匂いが鼻をかすめていく。「一郎はいつもこの莫蓙の下に潜って……どうして私、気づかなかったんだろう」。独り言のような瑞枝の声が風に織り混ざる。

花の嗚咽を聞きながら、周二はそっと目を閉じた。瞼を塞ぐと、頭の中に美羽を助けようと必死に食らいつく一郎の姿が浮かんできた。靴先で腹を蹴られ、叢に転がっている一郎の姿だ。やめて！　と美羽は叫んだだろう。逃げて一郎！　優しい美羽のことだ。自分のことよりも一郎を庇ったに違いない。独りぼっちだった美羽を、最後まで見捨てなかったのは一郎だけだったのだから。

美羽の意識が遠のいていく。痛みを感じなくなり、息もできなくなった。恐怖すらもう感じることができない。どうして……。どうして……。どうして自分はこんなふうに死んでいくのだろう。わけがわからないまま、でも、もう終わりだということはわかっていた。

終わり？

終わる？

人生がちゃんと始まっていたかもわからないけれど、でももう終わりなのだ。

美羽はおそらく最期の瞬間、すべてを受け入れた。これまでそうしてきたように諦めた。

諦めて、そして目を瞑《つぶ》った。命が終わるその瞬間、お母さんの顔が浮かんできた。まだ優しかった頃のお母さんだった。久しぶりにお母さんの笑顔が見られて、とても嬉しかった。

そうだ……。

そうだ、一郎はどこにいったのだろう。

雨の日の公園で拾った黒色の子犬。あの子だけは、いつも私を見ていてくれた。ずっと一緒にいてくれた。この世でたったひとりきりだったけれど、一郎がいてくれたから平気だった。私の大切な大切な家族。

一郎に、逢いたい……。

なぜだろう。周二には命が終わる瞬間の、美羽の気持ちがわかった。

近くで草を焼いているのか、芳《こう》ばしい匂いが風に乗って流れてくる。薄暗い林の中は、どこか違う世界に紛れ込んだかのように静かだった。

「探しもの、やっと見つかったのね」

夏美が花の傍らにしゃがみこみ、髪を撫でながら囁く。

花はゆっくりと頷き、

「ここで……待っててくれたの？」

拾い集めた骨を膝に載せ、両腕を胸の前で交差させた。

祈りを捧げているのだと周二は思った。一郎のために祈っているのだと。

でも違った。祈っているのではない。花は抱いていた。

花――美羽が、一郎の体を、腕の中に強く強く抱きしめていた。

18

「一郎はほんと賢い犬だったのね。山や農具小屋の場所を、美羽さんが亡くなってからもずっと憶えてたなんて」

花を羽田空港まで見送った帰り道、夏美がほっとしたように息を吐いた。花は那覇で一泊することになっていて、空港まで榮門夫婦が迎えに来てくれているはずだった。モノレールの窓越しには、赤みを帯びた薄暮の風景が広がっている。

「まさかこんなことが現実にあるとはね」

「こんなことって？」

「転生よ」

正面の車窓から見える景色を目で追っていた夏美が、周二の横顔に視線を当てる。

「夏美も僕も、誰かの生まれ変わりなんだろうか」

前を向いたまま、周二は呟く。須藤周二が誰かの生まれ変わりなのだとしたら、前世の自分はなにをしにこの世界に還ってきたのだろうか。前世を知りたいとは思わないけれど、ふとそんなことが気になった。夏美も同じことを考えていたのか、

「だったらもう生まれ変わらなくてもいいように、この世で幸せにならないとね」

そんな、冗談とも本気ともわからないことを真顔で口にする。

これで終わりにしよう、と夏美からは言われていた。周二と逢うのは、花のこの一件を見届けるまで。そこから先は別々の時間を生きていこう、と。

その決心が揺らいでいないことは、彼女を見ていればわかる。

「周二、そろそろ浜松町《はままつちょう》に着くよ。乗り換えなきゃ」

車内を満たす温風にまどろんでしまったのだろう。なす術もなく、ただぼんやりしていた。目は開けていたはずなのに景色はなにも映っていない。

「あ、もう着くのか」

「朝早かったから疲れたんでしょう？　新幹線で寝なよ」

夏美の笑顔が、妙に懐かしく思えた。いままで一緒にいたのに、やっと逢えた、そんな気になる。

「このぶんだと五時台の新幹線には乗れそうね。だとしたら八時くらいには京都に着けるかな。駅からはタクシー使ったほうがいいわよ」

夏美が携帯で、新幹線の時刻を調べてくれた。自分は品川《しながわ》駅で周二を見送った後、会社に戻って締め切りの近い仕事の続きをするつもりだという。

今日で夏美に逢うのは最後になる。そのことがいまも信じられず、でもなにを言えばいいかもわからない。人を好きになるということも、よくわからなかったのだ。女の人とのつき合い方も、どうすれば幸せになれるのかということも、これまで誰も教えてはくれなかった。

ゆったりと流れていく車窓の景色を、周二は途方にくれながら眺めていた。自分の意思とは関係なく電車も時も流れていく。電車が前にしか進まないように、時が巻き戻されることはない。

この世で幸せにならないとね――。

ついさっきの夏美の呟きが、周二を急かす。

なにか言わなくてはと口を開きかけた時、上着のポケットに入れていた携帯が震えた。黒田からのＬＩＮＥだった。後にしようかと思ったが、なんとなく気になって指先で画面に触れる。

『美羽さんは新しい人生を送るために転生した。美羽さんの転生は、おまえのためでもあることを忘れるな』

黒田の唐突なメッセージがなにを意味するのか、すがる思いで文章を読み返す。美羽の転生が僕のため……。美羽の転生は僕の……。

「周二、私やっぱり浜松町で見送るわ。品川まではついていかない」

「え、なんで」

慌てて、携帯をポケットにしまう。

「なんか……そのほうがいいような気がして。駅に着いたら周二が先に降りて。降りたらもう、先に行っちゃって。私は最後に降りるから」

間もなく浜松町駅に着くというアナウンスが、車内に流れた。新幹線のホームまで見送りに来てくれることになっていたのだが、彼女はここで別れるという。

夏美のマンションの部屋の合鍵は、前会った時に返している。別れの挨拶も、といっても「これまでありがとう」というありきたりのやつだが、既に交わしていた。ここでさよならになったとしても、それはしかたがないことなんだろう。

モノレールは緩やかに速度を落とし、氷の上を走る滑らかさで駅のホームに入っていった。夏美はまた口を閉ざして、膝に置いていた赤色のトレンチコートを、そっと羽織った。

いまの想いを伝えたかったが言葉がうまく見つからず、周二はしかたなく腰を浮かした。自分と同じように、座席から立ち上がった乗客たちがドアに向かって歩いていく。当たり前のことだが、その中に知った人間はひとりもいない。この場所で自分が知る人は、夏美だけだった。そんなことが無性に虚しくて、もう一度振り返りシートに座る夏美を見つめた。

(バイバイ)

夏美が微笑み、耳の辺りまで手を挙げて微かに揺らす。

背を押されるようにしてホームに降り立つと、先を急ぐ乗客たちの波に巻き込まれた。自分の意思とは無関係に、まだ車内に残る夏美から遠ざかっていく。

涙をこらえ歩いていると、黒田の言葉がまた浮かんできた。美羽は新しい人生を送るために転生した？　美羽の転生は、僕のためでもある？

僕はなぜ、花に出逢ったのだろう。

僕が花に逢ったのは、美羽がそうしたかったからなのか。

美羽は僕にも、なにかを伝えたかったのかもしれない。

人込みの中で立ち止まり、泣きたくないから空を見上げた。ホームの屋根に切り取られた小さな空に、夕焼けの鮮やかさを見る。

美羽がもし自分を赦してくれるのであれば……。

彼女がこの世で幸せになれというのなら……。

僕もまた、新しい人生を生き直してみたい。

そんな気持ちが唐突に芽生えた。

周二は体を反転させ、人の流れとは逆方向に足を踏み出した。乗ってきたモノレールはもうずっと向こうにある。夏美の姿はどこにも見えない。

それでも伝えなくてはいけない。周二は生まれて初めてといっていいほどの強引さで、向かってくる人たちを掻き分けて進む。

「通してください」

押し戻そうとする力に全力でぶつかりながら、まだ駅のどこかにいるはずの夏美を探した。

見つけたい。見つけられる。まだ夏美はそばにいるのだ。

赤いトレンチコートの背中が、人々の肩越しに目に入った。

「夏美っ」

なにも考えずに叫んでいた。この世で一番、大切な人の名前だ。

驚きの表情を浮かべた懐かしい顔が、周二を振り返る。

「すみません、行かせてください」

もう一歩、足を前に踏み出した。向かってくる人の流れに抗いながら、夏美のほうへと近づいていく。来世で君を探すようなことはしたくない。

この世界で君に逢いたい。

いまはそれだけを伝えられればいい。そう思っていた。

解説

藤田香織《ふじたかをり》
（書評家）

十年と少し前、四十歳になる頃に、沖縄の宮古島で運転免許を取った。

東京のスクールへ通いきれなくなり、当時の私としてはかなり思い切って、自分を追い込んだ行動だった。宮古島に決めたのは、どうせ行くならリゾート感のあるところがいいな、だったら北より南だな、というお気楽な考えで、探してみたらちょうど良い合宿コースのある教習所が見つかった、というだけの理由だった。

合宿といっても、ステキな寮があるわけではなく、教習所近くにコンクリート造りのアパートの一室が用意されていて、２ＤＫの部屋には最大四人が入ると聞いていたものの、十月だったので他に教習生はなく、最初から最後までひとりだった。結果的に宮古島でひとり暮らしをしながら運転免許を取る人、という状況になった。

父親が転勤族だったので、「住む場所を移る」ことには慣れがあったし、土地々々の風習やローカル・ルールのようなものにも抵抗はないつもりでいたのに、正直に言えば最初のうちは抵抗しかなかった。例をあげると問題になりそうなことばかりなので書けないが、とにかく酒を飲む機会と量が尋常ではなく、人と人との距離が近く、そしてまた、人と人ではないものの距離も近かった。ある日教習所の待合室で、高齢の女性に突然話しかけられた。方言がきつく何を言われているのかよくわからず曖昧に笑っていると、教官が「かをり～（宮古は同じ苗字の人が多いので、名前で呼ぶ習慣がある）、車はいいけどバイクは向いてないって」と訳してくれた。「このひとはカンカカリャだよ～」と言われて、その場で聞き返すのは失礼かと思い後で検索したらユタを指す方言だった。私は、バイクで二回死にかけたことがある。以来、島のあらゆる風習を、そうか、そういうこともあるんだな、とちょっと俯瞰《ふかん》して受け止められるようになった。

そして世の中には、自分が見えないものが視える人がいる、ということも。

本書『この世界で君に逢いたい』（二〇一八年／光文社刊）の舞台もまた、特有の風習が今も残る、日本最西端に位置する与那国島だ。飛行機で、沖縄本島の那覇空港から約一時間半、石垣島からなら約三十分。同じく石垣から船では四時間と、なかなかの距離がある。物語はその島へ、休暇を利用し観光に来た二十七歳の須藤周二《すどうしゅうじ》と、五つ年上の恋人・松川夏美《まつかわなつみ》が降り立つ場面から幕を開ける。広い空の下、ただ滑走路が続くなにもない与那国空港。「わ〜り〜 どなんちま」の看板は、合宿免許の後で私が八重山諸島を巡ったときも空港にあった。「わ〜り〜」は、沖縄本島でいう「めんそーれ」で、Welcomeの意味、「どなんちま」は与那国島を示す方言だ。レンタカーを借りたふたりが民宿へ向かう途中に見る島のシンボル的なティンダバナも、「祖納集落」や久部良バリも実際に存在し、夏美が島の資料を読むかたちで語られていく島の歴史や風習も史実に忠実に描かれていて、与那国ってこんなところなんだ！ と興味をもつ読者も多いだろう。実際に島を訪れる人だけでなく、沖縄方面の「旅の友本」としても広くお勧めしたくなる。

しかし物語は、南の島で休暇を楽しむ恋人たち、といった甘い方向ではなく、意外な展開をみせていく。宿へ着くなり、周二が女将から「島に呼ばれたねー」と言われた理由を、追っていくことになるのだ。

その過程で、もうひとりの語り手として登場するのが、サトウキビ製糖業のほか、米や島バナナの栽培など手広く営み、五十名ほど従業員を抱える島の顔役的存在の榮門《えいもん》武司《たけし》。榮門は、事業の傍ら家庭環境に問題のある未成年者や、社会とうまく関われない子供たちを「島留学」という形で受け入れ、住む家を無償で提供し仕事を与えている。本書で重要な鍵を握るのが、その榮門の下で働き寮に暮らす、十七歳の久遠花《くおんはな》だ。

久部良バリへ足を運んだ周二と夏美は、榮門に声をかけられ、程なくして花とも出会う。

誤解から、乱暴したことを謝罪したいと榮門から夕食に招かれ、宴を抜け出し花に会い話をしているうちに、周二の胸にはひと目見たときから、ざわついていた思いが再び湧き上がってくる。

周二が花と重ねる従妹の須藤美羽《みう》は、なぜ十歳でこの世を去ることになったのか。民宿「すうやふがらさ」（〝ふがらさ〟はありがとうの意味）の女将、金城悦子《かねしろえつこ》は何を視て周二が「島に呼ばれた」と口にしたのか。夏美が「花ちゃんなら、周二を変えられるかもしれない」と直感したのは、どんなことからなのか。そもそも夏美は周二の何かを変えたいと思っているのか。花が、島に来ることになった経緯、彼女自身が忘れてしまった探しているもの。なぜ周二は、年齢も違う、容姿も声も特に似ていない花が美羽と似ている、と感じるのか。そして頭に浮かんだ「もう二度と」という言葉。もう二度と、何だというのか――。ちりばめられた幾つもの謎が、やがて大きなうねりとなって、周二と夏美を、榮門と花を、彼らの周囲の人々を巻き込んでいく。

単行本で初めて読んだとき、この物語がどこへたどり着くのか、まったく予想がつかなかった。私のなかで藤岡陽子さんという作家は、「リアル」を描く、という印象が強くあった。いや、今でもそう思っている。看護学生を主人公に据えたデビュー作の『いつまでも白い羽根』。シングルマザーの新聞記者と、戦力外通告を受けたプロ野球選手それぞれの闘いと挑戦を描いた『トライアウト』。『ホイッスル』『手のひらの音符』といった、今では初期にあたる作品も、近刊となる『メイド・イン京都』やいきなりの文庫で話題になった『金の角持つ子どもたち』も、人生の分岐点とよばれる場所で立ち止まり、迷い、揺れる主人公たちに都合の良い救いの手を差し伸べることはしていない。その代わりに、進んでいく道をそっと照らす。その灯が読者にとっても、小さな心の支えとなり、明日の活力になるような作風だと認識しているし、自分が生きているこの現実社会と近しい距離感を好ましく感じている人も多いはず。

けれど、本書は、いってみれば目には見えないものをめぐる物語だ。花が探しているものが何なのか、本人でさえわからないものを、それがあると信じて周二や榮門たちは動く。榮門は、他の人間の目には見えないものを視る悦子の言葉に頼り、周二もまた、京都の寺院の跡取り息子である友人・黒田藤政《くろだふじまさ》のもつ力を疑うことなく受け入れている。三年も交際している、目の前にいる恋人には、もう一歩踏み込めずにいるのに。

花が探しているものだけではない。周二や彼の祖母が目を逸らし続けてきた傷の痛みも、美羽の無念が何なのかも、誰の目にも見ることはできない。にもかかわらず、そこに「ある」とわかる。感じる。伝わってくる。読みながら、自分が目を逸らしてきたものにも思いが至る。感触が違うことはあっても、藤岡さんの小説は、やはり読み手に強く響いてくるのだ。

毎回、しみじみと唸らされることが多々あるので、もう驚きはしないが、本書にもぐっと刺さる場面や台詞が多々あった。六節の〈マンションの狭い玄関を出ていく美羽の華奢《きやしや》な背中には、子供の自分でもはっきりとわかるくらいの不幸が、重石のようにのしかかっていた〉に至るまでの描写の凄み。八節で記される、東京で花を保護した元教師の永井《ながい》治《おさむ》が、榮門に言った台詞と〈容姿に恵まれた少女は、安易に金が得られる代わりに、地道に努力する機会を失ってしまう。地に足をつけ、根を張ることをしないまま大人になる〉と続く言葉。祖母の施設を訪れた周二が、時間の流れが止まったような部屋で気付く、自分の「悪い癖」。花を港へ迎えに駆け付けた榮門が妻の笑里《えみり》と、かつて夢破れて帰郷した末の息子を出迎えたときの話をする場面もいい。というか、夫の榮門には、人を疑うことのない、裏のない性格だが思慮が浅いと見られている笑里が、すごくいい。個人的には、80ページの夏美の台詞にも、つい「おぉー」と妙に唸ってしまった。そう、こういうことって、「よくわからないけど、わかる」のだ。巧い。何気ない場面だけど本当に地味巧い。

重いテーマが内包された物語である。けれどその、やるせない悲しみと憤りと痛みを、美羽と花の関係性における、いってみればフィクション濃度が、受け止めてくれているのだとも感じる。

「自分の人生に避けては通れない、運命いうもんがこの世にはあるんや」。『この世界で君に逢いたい』。改めて、深い意味をもつタイトルだと思う。

二〇一八年七月　光文社刊

光文社文庫

この世界《せかい》で君《きみ》に逢《あ》いたい

著者　藤《ふじ》岡《おか》陽《よう》子《こ》

2021年8月20日　初版1刷発行

発行者　鈴木広和
印刷　堀内印刷
製本　ナショナル製本

発行所　株式会社　光文社
〒112-8011　東京都文京区音羽1-16-6
電話　(03)5395-8149　編集部
8116　書籍販売部
8125　業務部

ISBN978-4-334-79226-8　Printed in Japan

組版　萩原印刷